LOCUS

LOCUS

catch

catch your eyes ；catch your heart ；catch your mind……

catch 49

女・巫們・WOMAN

作者：吳心怡

責任編輯：陳郁馨　美術編輯：謝富智

法律顧問：全理法律事務所董安丹律師

出版者：大塊文化出版股份有限公司

www.locuspublishing.com

台北市105南京東路四段25號11樓

讀者服務專線：0800-006689

TEL: (02)87123898　FAX: (02)87123897

郵撥帳號：18955675

戶名：大塊文化出版股份有限公司

總經銷：北城圖書有限公司

地址：台北縣三重市大智路139號

TEL: (02)29818089　FAX: (02)29883028　29813049

排版：天翼電腦排版印刷股份有限公司

製版：源耕印刷事業有限公司

初版一刷：2002年8月

定價：新台幣220元

WOMAN

女・巫們

吳心怡◎著

編輯筆記
往事如果有名字

往事爲你沈積了記憶；記憶爲你帶來微笑或者眼淚；你現在的微笑和眼淚就是你全部的往事。

往事如果有名字，「有時叫憎，有時叫愛，有時叫意外。」（我竊用了波赫士的詩句。）時間之前，人人平等。但爲什麼時間給了每一個人不同的往事？

我認爲，在《女・巫們・WOMAN》這個故事裡，作者吳心怡進行了一場想像力工程，打算與往事對抗。她把時間當作另一個空間，在兩個空間（時間）裡穿梭；她像女巫，駕馭著一把以記憶紮成的掃把，飛進每一個人的心事與眼睛。

她的飛翔，是她個人對於眞情的想像和虛擬。至於你如何閱讀，完全是你自己的事。

因此，這本書有兩種以上的讀法。

你可以從直排文字開始讀，那會從高中時光讀起；假如先讀橫排，則會先進入三十歲的時光。(至於其他讀法，請自行發展。)不同的讀法，會產生不一樣的感受。(從十七歲來到三十，你是變成熟還是變蒼老了？或者你其實沒有長大？站在三十歲回想十七，你的回憶是甜蜜永恆還是不堪回首？或者你根本抹去了那個曾經存在的自己？)

吳心怡寫這本書，可能是爲了紀念某些往事，可能是爲了測試想像力的極限。但也可能，她是在進行她對於時間的反叛。用書寫與閱讀，在生活裡進行小小的反叛。

人難再得，事難重來。我們在不可逆的時間之軸上，做著一場無法重複的實驗。

逝去的歲月必然會漸漸多於未來的時光。假如你常常錯過此刻，以爲遠方還有更美好的石子可以撿拾，那麼你所累積的遺憾一定會漸漸多於你所能擁有的幸福。

所以，應該好好珍惜，把一切都當作最後的機會。應該。

編者謹誌

【目錄】

【牛蒡】

我說自己是植物。木本也好、草本也好。

事實也是如此啊，我的外表「草」得不得了，但心裡的年輪一圈一圈地老硬得很。

三十歲初期，我遇到牛蒡。

瘦高瘦高，直楞楞的，臉上留著鬍渣，內在具有陽性活力或能量那一型的。

每次約會後，我總覺得他纖維過多。回想聊天或眉眼交會的內容，總是一下就從記憶裏排泄出來了……溫和順暢毫不費力地。

便也留不下什麼。

沒掙扎沒用力的總刻不了骨銘不了心吧。

就是青天白日地交往著。

牛蒡對我很好。就像蛋白質澱粉維生素對我很好那樣。

朋友要我說說牛蒡。我總沒什麼好說的，我覺得感情像杯可樂，都是氣，打個嗝也就沒了。

氣什麼？

氣我自己哪！

三十歲的女生，多麼美好成熟，竟癱瘓在社會制約的感情規範中等待過期發酵。

但離開牛蒡更麻煩哪。要解釋要談判要面對親朋好友同事上司客戶以及一個人上餐廳時服務生的問號。

我想起有一次去五星級餐廳吃歐式自助餐的情形，那天我決定要犒賞自己一個月來加班的辛苦，決定去大吃一頓，雖然我坐在角落，但我總是可以感覺得到每個走過來爲我收盤子的服務生都在打量我，小心翼翼地有禮貌地打量我，就像我可以感覺到身邊每一桌客人都在用餐間沒話題時大剌剌地直視我議論我。

自己一個人來用餐很怪嗎？

好像公開犯下了罪。

啊！獨立！獨立是一種背叛群體的罪。我冒犯了當天成群結伴用餐的人們哪。

我的獨立冒犯了社會。社會便用不懷好意的問號來監視我。那些個遠親近鄰的問號，那些個無所從來的問號。

但每個人需要的答案都不一樣。

懶得回答別人就變成回答不了自己。

我想起在學生時代的狂傲自信歡喜，但狂傲自信歡喜全是來自情感的驅使，也是很不合理的。

我的感情指向我的「天」，我說他是我的天。沒有天就沒有我這個人。

花木蘭曾笑我：天賦人權就是這麼來的。

那年我們高二，唸到十七世紀洛克的主張：「天賦人權」。只是洛克的目的在於思考人民與政府的關係，她們將它用到感情面向上。

但是啊，讓我們輸出感情與忠誠的對象，的確像是十、七八歲女生的政府。

我覺得十七歲的我比三十歲的我獨立。

我想起花木蘭。

花木蘭說，趁年輕要把能犯的錯全犯過，老了還有機會挑出精采的再犯一次。

這想法是十七歲那年花木蘭在操場中央大聲吼出來的。

我、豆腐、帶刀起立鼓掌達三分鐘之久。

三十歲的花木蘭仍在犯還未犯過的錯。不知悔改。只怕不夠精采。

連犯的錯都比不上花木蘭的精采。我越想越沮喪哪。

我羨慕花木蘭。像羨慕十七歲的自己。

我想打個電話給花木蘭。

花木蘭的電話沒人接。

我打開冰箱，約會之後總是餓。

冰箱裏有三盒小菜，山藥、芝麻牛蒡、涼拌干絲。我拿出芝麻牛蒡。看來是沒什麼好挑的。沒什麼好挑的。

牛蒡啊牛蒡！容易消化。不容易吸收。

我邊吃牛蒡邊撥電話給花木蘭。

電話仍然沒人接。

我決定留話：「花木蘭，我是貞德，忽然想到你……打給我。」

我坐在電話旁咀嚼著牛蒡。

電話安靜地坐著。

一直不說話。■

【獅子座的素食可能·三十·希區考克的觀點】

11:55。

我抬頭瞄了一眼書架上的鬧鐘。剛看完希區考克的《火車怪客》，毫無睡意，看來，懸疑比咖啡更有提神醒腦的功用。

打算再看一部《深閨疑雲》。打開有點發燙的 DVD PLAYER 準備換片，我起身穿越地板上完全以閱讀先後順序層層疊疊堆出來的幾棟高聳的書樓，走到左書架的第二層上的黑白老電影收藏區。我的手指隨著視線移動著尋找，間或交替成我的視線隨著手指在移動……。

忽然覺得我好幸福。

我正充分享受著單身女子的獨居樂趣啊！看看我的四周——

充滿了屬於我個人的放肆與專斷——書架上的書、沙發上的書、地上的書、樓梯階上的書、書桌上的書、床上的書、廁所的書、書上面的書、書下面的書……。

這簡直是我的理想國。

比柏拉圖的理想國更適合女性居住。

太幸福了。

我像抽出一本書那樣抽出《深閨疑雲》,給自己盛了一碗紅豆薏仁,打開片匣,拿出DVD,放進DVD PLAYER中,按下PLAY。

電話響了。

是獅子打來的。

「帶刀!睡了嗎?」

「還沒。」我一邊回答一邊按下PAUSE。

「可以聊聊嗎?」

「當然。」

獅子是老朋友,一個對我有特殊好感的老朋友,在我拒絕那種好感兩年內三十七次之後(獅子提供的統計數字),獅子才開始轉移好感給其他人。不過牠卻同時轉給兩個人,因此搞得三個人都痛苦。

「我很煩!」這句話顯示獅子將開始關於多角戀情的長篇廢話。

「想也是。」我一邊回答一邊決定要繼續播放我的《深閨疑雲》。

「都是你害的。」

「關我什麼事！」我按下 PLAY。

「如果你願意跟我在一起，就不會發生現在這種事了。」

「你自作孽不可活！別扯上我。」

啊！又是瓊芳登演的，一個非常做作的演員，她演的《蝴蝶夢》讓我看到快抓狂。雖然《蝴蝶夢》也是希區考克的片子，很有那種我所喜歡的希區考克風格，但瓊芳登就是個敗筆，她有本事把女主角演到讓我完全站在陰險惡毒的管家那邊。

「我一直在想爲什麼我會同時跟兩個人交往？」

「嗯……」

火車上的開場還不錯。

「我覺得我有好多愛……」

「哈哈哈……」

有趣！——男主角約翰身上的錢不夠付頭等艙的座位，於是約翰伸出手來給查票員，說：我還差五磅，讓你打五下好啦！

「我有很多愛並不好笑！」

「喔，對不起！我不是在笑你。」

「……帶刀！你在聽我說話嗎？」

「有有有，你繼續啊！」

「我有很多愛……給不完……。我好想愛……好想徹底的愛。」

約翰是個欠了一屁股債的風流男子，他對女主角瓊芳登發生了興趣。唉！只要是瓊芳登演的角色，我都只看到瓊芳登本人而看不到她演的那個角色。

「獅子！你有十和二十了。」獅子的女朋友，先來的叫什麼什麼玲，後來的也叫什麼什麼玲，所以，一個被我叫一玲，一個被我叫二玲，後來乾脆簡稱十和二十。

「十。不夠我愛。二十。也不夠。我想你。」

「我不會浪費時間跟你們玩那種開放性生物圈的遊戲。」

我順手按下 PAUSE。畫面停格在約翰費盡心思拜訪瓊芳登的畫面上。

「可是我想你。」

「不要談這個。」

「你想不想我？」

「喂!! 你喜歡把生命時間精神浪費在這種沒營養的愛情上是你家的事，不要扯上我。」

「我可以立刻跟她們分手……你跟我在一起好不好。」

「你要跟她們分手是你的事，我不要跟你在一起是另外一件事。搞清楚！再說，我又不是因爲你跟她們在一起才不要跟你在一起的。」

「我想你。」

「喂!!」

「你愛我好不好？」

「不好！」

「……」

「我不想談戀愛，我一個人自由自在快樂得不得了，我不想改變現狀。」

我順手按下PLAY。

「如果我把十跟二十的關係清理乾淨，再來找你，你會答應嗎？」

「不會。」

「我知道，現在的我感情生活一團糟，沒資格跟你談這個，你可不可以不要現在拒絕我！」

「獅子，你知道嗎？你的愛情對你的生命毫無建設性。我覺得你那種愛情很無聊。即使是聽你說，都讓我覺得無聊。另外，我的感情很珍貴，我不打算浪費。純粹個人觀點直話直說。再見。我要看《深閨疑雲》。」

就在我掛上獅子的電話時，瓊芳登跟約翰兩個人私奔結婚去了。

以前，約翰是個不事生產、舉債度日的賭徒，現在，約翰是個深愛瓊芳登、不事生產、舉債度日的賭徒。

不論有沒有愛情，人的本質是不會變的。

瓊芳登不了解約翰。

在一連串的竊盜與死亡事件之後，瓊芳登開始懷疑約翰要毒殺她詐領保險金，臨睡前，約翰端給她一杯牛奶……

電話響了。

「帶刀。」獅子打來的。

「嗯？」我繼續看影片，並且專挑薏仁吃。

「帶刀……我現在過來找你。」

「不要，我這兒很亂。」

「我一愛一你。」

「我沒空。」

瓊芳登再也受不了跟殺人嫌疑犯生活在一起隨時受著死亡的威脅，她決定離開約翰回娘家。約翰開車送她回去，車速驚人的加快，幾乎在失速的狀態下她的車門突然大開，險象環生……約翰要殺了她……

「我在你樓下。」獅子在我樓下？

「你怎麼這樣！」

「我的事情我解決。但是我們之間呢？給我一個機會吧！」

「我現在不想談戀愛。談戀愛很麻煩。」

「你不要談我來談。你讓我愛就好。眞的。你讓我愛就好。」

「……唉！如果你眞的結束掉十和二十的關係，勸你空白一陣子，不要急著談戀愛，免得你跟十和二十之間的什麼愛情不滿足那一類的東西還沒排泄完，又傷害到你下一段感情，然後你又得再找第三者介入分攤你的『好多愛』，然後你又會在半夜打電話給我跟我說你很煩，你的愛很多……」

「我愛你。」

「……」

「你不要有壓力。你讓我愛就好。只要讓我愛就好。你煩了我就走。」

在送瓊芳登回娘家的路上，瓊芳登發現朋友的死亡跟詐領保險金的懷疑原來都是她的疑心使然，約翰只是想盡各種辦法歸還偷竊的錢而已……

「我們現在這麼好不是很棒嗎，戀愛談砸了，朋友就很難當了。」我對戀愛很膩了。是我的問題不是獅子的問題。

「帶刀。我是眞心的。你讓我愛。你不要想太多。」

誤會在兩人之間消失，約翰決意離開瓊芳登自己去逃亡。但瓊芳登執意要跟著約翰幫他一起還債……

「我……」

「讓我愛就好。戀愛很美很棒。我會愛你愛到讓你愛上我。讓你喜歡談戀愛。跟我談戀愛。」

兩人言歸於好，約翰突然將車轉頭，載著瓊芳登向著來時的路上開回去……

演完了。

「帶刀…」

「嗯？」

「讓我愛！」

「嗯。」

「你答應讓我愛囉！？」

「你會後悔的。你會恨我的。」

「不會。我只會愛你。我愛你。我愛你我愛你我愛你……」

「夠了啦！」這會兒麻煩大了。

「我去解決我的事。我不會對不起你。」

「不用跟我說，那是你的事。」可是我會對不起你啊！

掛上電話。我從 DVD PLAYER 裏拿出 DVD，我看著《深閨疑雲》的英文片名：*SUSPICION*。

現在我可麻煩了。我一邊想著，一邊把 *SUSPICION* 放回片匣裏收好。■

#【假花】

我在等電話。

今晚電話響了好幾次。

我不想接。

我不會把電話線拉掉。我在等電話。電話響我不接。我只要確定有打來。

後來，我聽見貞德留話。

貞德。我的老朋友。爲什麼會打來。

我在等天。等天打電話來。

因爲我們說話說僵了。在社交場合上。

天說我眞花！

我說我是假花。

天說我喜歡到處展現魅力，並且是極度自覺的狀態下四處展現魅力。天說我忍不住，忍不住要試試自己的魅力，而且是那種以自己的社會地位、以直接的言語來挑釁式的調情，天說我眞花。

天看穿了我的目的只是想看看對方在拒絕與接受之間的掙扎，虛榮的掙扎——不該接受，但又感覺到極度榮幸的虛榮。

天說，一個年輕女性總經理的示好是很難讓人拒絕的。但爲什麼偏要找有婦之夫或有夫之婦呢？

我說，那樣才知道對方是不是可以不顧一切愛我。

天說我淺薄。

淺薄？不！要有失去所有的危機，才能作爲對照，才能眞正衡量情感的份量。但大多數人並不會選擇情感。只會掙扎。而一旦開始掙扎，就表示心底眞正的渴望是情感，而非地位呀或外在的眼光。

但頭銜、社會認同與物質的享有，這些看得見的東西總是輕而易舉地蒙蔽了心裏的東西。

心是看不見的。

但掙扎失敗的人們會曲解成：不要對不起家庭、不要對不起父母、不要對不起自己多年來建立的東西。所以只好讓不期而遇的情感成爲心底的秘密，自以爲未完成的美好秘密。

甚至還自以爲是地覺得自己是爲了大局著想的犧牲者呢。

根本就沒有大局。

什麼叫大局？

就是怕自己失控的那塊。

大局是看不見的。跟心一樣。

天說我做賊的喊捉賊。

我說我是後悔的賊。後悔當初不當賊。後悔當初不從貞德手裏搶過來。

天沉默了一下，岔回剛剛的話題：「花木蘭，你眞花。」

花？不！我一點也不！我只是在找一塊土壤讓我生根。一直沒找著，只好每塊土壤都試試看。直到找到。花？一點也不。

我說我是假花。

天說：「對！你是假花！沒水沒土也能到處開的假花。」

我想給天一巴掌。我舉起手又放下。天難道不知道？天就是我要的土壤。我仍然習慣性地在心底愛著天。也習慣了天不愛我。但天不可以這樣詆毀我。

我拿起包包衝出會場開車回家。我聽見天追出來……我只想躲起來。

我呆坐在客廳。

潛意識地我在等電話。

今晚電話響了好幾次。

我不想接。

我不會把電話線拉掉。我在等電話。電話響我不接。我只要確定天有打來。

以前，貞德是怎麼得到天的？

我問問她！■

【下次要注意氣象報告】

要變天了。

雲，一層一層地遮住藍天，一層一層地增厚增厚增厚。

天幾乎全暗了。

那種暗，是屬於亮暗錯雜的那種。幾乎看不清楚任何東西。有點像電視螢幕中充滿了雜訊，就算看到了什麼也彷彿是視覺暫留作用的影像或老舊黑白電影，而不是眞正看到什麼。

我聽見落葉被風吹動在地上彈起掉落彈起掉落的嘶嘶聲：嘶嘶嘶嘶嘶嘶嘶嘶……

密集的嘶著，重疊著，沒有縫隙，沒有高低起伏。

而更大的聲音是樹上的葉子彼此碰撞擦撞的聲音，即使是微風，也讓這看似輕微的碰觸產生具震撼性的聲音。

風再大一點就成了轟然巨響。

風唯一的好處只是送來四周的花香草香。

沒有人發現我在這兒。

已經快二十四小時了，竟然沒有任何人經過這裡！

至少會有情侶吧！

沒有！

上山運動的老人呢？

沒有！

連隻狗都沒有！

啊！我想起來了！氣象報告說有颱風要來。

慘了！我得在這兒待多久啊？

好像在飄雨了。

眞的耶！雨開始下了，打在樹葉上滴滴答答的吵死了！本來，頭髮沾上了濕氣，就有點塌塌的。現在整個都淋濕了。

一定很醜。討厭！

我兩邊肩膀部分的衣服開始被雨水滴打著濕了一塊，麻紗的料子很快就滲溼透到皮膚上了，黏貼著我，很不舒服。

其實我比較介意的是，白色衣服濕濕的黏在身上很不好看哪！

但是，一想到這件衣服上的標籤用英文與義大利文淸楚地表示只能乾洗時，我才要崩潰呢！

雨越下越大了，沒有變小的跡象。

雨水沿著我的齊肩短髮滴落，頭髮濕到幾乎依著我的頭型緊貼著。

這是直髮的好處吧！濕了也算是造型的一種。

風開始越來越大，如果我告訴你風大到幾乎可以把我整個人都吹翻，而我的頭髮卻仍然緊貼著我的頭我的臉頰，你就可以想像雨有多大了吧！

風大得離譜。

如果氣象報告說有颱風，誰都不應該貿然登山！

可是，沒有人登山的話，就沒有人會發現我在這裡。

天哪！怎麼辦啊？

喔！SHIT！

被風吹斷的一截樹枝飛打到我的胃，我的胃向來不好，再被這跟樹枝狠狠的一鞭……

天哪！這也就算了！我低著頭看著我最喜歡最喜歡的這件麻紗連身裙……竟然被剛剛那根該死的樹枝給刮破了！

那已經不叫刮破，那簡直叫做撕裂！

這種纖維一斷，馬上就會抽紗，你看著好了！這兩條大裂縫會越來越長，越來越寬。

對一個女孩子而言(雖然我是屬於強硬的那一型)，衣服緊貼著肉已經夠難堪了，現在再加上這兩條越來越岌岌可危，終將破爛的幾條線……

真希望趁情況還不算太糟的時候，趕快有人發現我。

風勢雨勢大到我所能做的只有祈禱了。

昏盹迷糊中，我忽然想起電視台的氣象報告！

氣象報告總是新聞節目的收尾，那絕不是因為壓軸才放在最後，雖然不知道確切的原因，但也許是因為氣象報告總是不太重要吧！

其實我心裏覺得，眞正的原因一定是「不太重要」！你看：跟不孝子弒父啊！油價上揚啊！政府官員貪污啊！某國跟某國宣戰啊！王儲娶親啊！……比起來，熱一點冷一點，34 度或 28 度，晴天或雨天……是不太重要吧！

也許它只是觀衆看連續劇之前上廁所或倒茶的時間吧！

氣象報告的長度通常只有十分鐘左右，氣象報告員（不算記者嗎？）會講些諺語啊！防曬啊！帶傘啊！等等諸如此類有的沒的閒話題。然後看看衛星雲圖，看看氣流低氣壓等等專業的氣象圖之後，才輪到眞正的溫度與降雨機率的預報。

中午還會有漁業氣象呢！中浪到大浪，小浪到中浪或幾級幾級風……

氣象報告幾乎跟刷牙洗臉一樣平淡無奇呢！

除非有中度以上颱風或豪大雨，氣象才有可能被拔擢到新聞報告的最前面成為頭條消息。

否則也只是像第四台蓋臺廣告似的跑馬燈一串而已。

以我現在全身濕冷僵硬的情況來看，這次的颱風肯定曾經上過頭條。

我好懷念氣象報告！

窩在沙發上或無聊地在家中走來走去，從這個房間到廚房或回客廳……無論如何都能心不在焉地安全地隨意地聽著氣象報告。

聽不進去也無損第二天活蹦亂跳的生活情趣。

我努力在昏迷或意識不清的狀態中胡思亂想，像作夢一樣……

時間過得好快，風雨小了點吧！

已經超過四十八小時了！

我的臉色一定很難看。

我已經無暇去計較我最愛的連身裙，計較也沒用——它已經破爛到不是貼在我的腿上，就是垂掛的像爛柳條似的，濕濕重重地被風吹著晃。

頭髮又濕又髒，有沙或泥巴那一類的東西黏在上面，還有葉子。

我又髒又醜，臉色又難看！

我已經不知道到底是應該希望有人經過這裡發現我，還是不希望有人經過看見我了……

覺得自己的體重急速下降。我一定瘦了很多……

雨才剛停，就出了個大太陽，熱氣一陣一陣地從地面往冒。

總該有人來爬山了吧！

無雲的天空，日正當中，太陽光直射在我身上，一陣輕微到只能被稱做「流動的空氣」的弱風飄飄忽忽，似近似遠地傳來一陣臭味。

我受夠了！

我努力地硬撐了將近六十八個小時！竟然沒有人發現我！

有沒有搞錯啊？這是兩塊林地的交叉路口啊！平常總是早晚都有人上來運動啊！

我快急瘋了!!

怎麼辦？怎麼辦？有沒有人哪？附近有沒有人哪？

看看我這副樣子！天啊！

我眞後悔！

臭味越來越濃！

蒼蠅走開！

快來人啊！

快點來救我啊！再遲一點就來不及了！再遲一點就來不及了！

時間不斷在我眼前流過。

我已經開始發臭了！

我已經開始腐爛了！

快來人哪！

蒼蠅走開！

我的臉已經開始爛了！

我已經上吊超過七十二個小時了！

再不快一點發現我，認屍就很困難了！

臉爛了，衣服也爛了，身體被颱風刮起的樹枝石頭都打花了！

都打花了！都打花了！

天啊！我這個樣子怎麼見人！

不！千萬不要讓任何人經過這裡！千萬不要讓任何人發現我！

怎麼辦怎麼辦？

老天爺啊！求求你發發慈悲啊！

在我全身爛光變成白骨之前，千萬不要讓任何人發現我！

我不能讓別人看見我這個樣子啊！

老天爺啊！求求你大發慈悲吧！

只要你成全了我這個心願，我保證來生絕不再用上吊的方式自殺。

我知道是我太逞強了，太自以爲是了，以爲吊死這件事很單純。

請老天爺看在我從來沒有吊死過這是我第一次吊死所以技術不佳的份上，幫助我在別人發現之前快點變成白骨吧！

唉！事情搞成這樣也不能都怪我，我眞的以爲我的屍體很快就會被發現，誰想得到有強烈颱風呢？

我以後一定要注意看氣象報告。■

【十字科女子・調味料的立場】

十二點半，打電話給御前帶刀侍衛，御前帶刀侍衛說她剛看到豆腐的專欄，問我有沒有看到。我說沒有。御前帶刀侍衛就說要唸給我聽：

十字科。性寒。

比如說山葵。

遇上她的都給辣得落淚。與她周旋，她便成芥末，衝死你。

她讓人感受到不能言喻的嗆度與汗流浹背的熱度。

而唯一能讓她感到熱度的時刻，就只有處在分手當時的情境裡。

不論是誰挑起的。

她喜歡冷淡的處理。感覺平靜而安全。像她處理自己一樣。

但分手是對外的外交事件，跟交往一樣令她厭倦。

能不能快一點平淡一點，因爲「分手」兩字不過耗費一秒四十即可説完。她在心底想著。

她知道得有前言、序、跋及旁徵博引出來的種種人證物證，再加以起、承、轉、合……這必須花掉一定的時間。

然後對方答辯（激烈或平和）。

然後我方答辯（激烈或平和）。

然後對方結辯（激烈或平和）。

然後我方結辯（激烈或平和）。

（以上順序依實際發生情況對調，並不斷重複答辯過程）

修辭學與語意學在其間激烈出入，咬文嚼字繁瑣細碎。

然後，兩人中間出現字幕：THE END

十字科的女子百思不得其解：臉上的燒灼感是哪來的？

她將周折的意念以極力平淡的語言形式出現，但她是山葵。

突然想起山葵是用來製成芥末沾食的，芥末必須用來搭配其他食物，不能單獨吃。

原來她一直是調味料的立場啊。

不斷有熱辣在喉嚨噴發，穿越氣管向胃燒灼，穿越喉嚨直衝進腦部，同步擴散並且上浮到皮膚表面，臉部倏然緊繃。

芥末沒有「獨自存在」的價值。這一點必須在芥末「獨自存在」時才會被發現。

除非磨成芥末，山葵無法食用。

十字科。性寒。

我聽了大笑，說：「這在說誰啊？豆腐的脾氣挺像山葵，但豆腐絕對不會是調味料啊！」

御前帶刀侍衛說：「不過，就豆腐的人生觀來看，她只想當調味料啊！她才懶得負起主食的責任呢！」

我說：「可惜每個遇到她的都把她當主食。奇怪！我怎麼就遇不到呢？我很願意當主食的。」

御前帶刀侍衛：「妳最近還好吧？有當別人的主食嗎？」

我說：「別提了。我跟天有點爭執。」

御前帶刀侍衛：「妳還在等天啊？夠了吧！妳都三十歲了，十幾年了！蘇武牧羊都快回來囉。」

我說：「我沒有等。我一直在談戀愛啊！」

御前帶刀侍衛：「妳那才不叫談戀愛，那叫亂愛。妳不肯認眞不肯固定，還不是爲了萬一天要妳的時候，可以隨時抽身。花木蘭！妳幹嘛爲天而活，妳的感情多麼珍貴啊！幹嘛到處浪費……還有，忘了天吧。別再指望天了。」

我打給御前帶刀侍衛可不是爲了聽訓。

我老大不爽說：「我去問貞德好了。兩人在一起這麼久，比較了解。」

御前帶刀侍衛突然大聲起來：「天不是妳想像的那種人，天沒有那麼好。」

什麼意思？

御前帶刀侍衛：「……這事貞德應該不知道。」

什麼事？

御前帶刀侍衛：「過了這麼久了，說出來應該沒關係……天一直喜歡豆腐。」

什麼？

不敢相信。不可能的。我怎麼沒發現。

御前帶刀侍衛：「……天一直喜歡豆腐。豆腐沒接受。妳知道豆腐的。」

什麼？

不敢相信。不可能的。我怎麼沒發現。

我開始狂笑：「妳該不會是要告訴我……天還在等豆腐吧。」

御前帶刀侍衛：「妳瘋啦！我只是要妳別指望天！認眞的去接受別人吧！」

天啊！天啊！天啊！

我還是不敢相信：「天啊！我竟然不知道。我要好好想想……再打給妳，拜！」

我拔掉了電話線。■

【出入境紀錄】

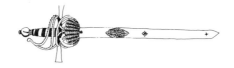

10/12

看電影，寫影評，看電影，寫影評……

跟獅子逛街，她喜歡我穿衣的 style，也想買類似的衣服。

半夜收到獅子三封情書。

10/15

想拍紀錄片。自己動手拍。

突然覺得有些人，其實算是個「人物」。想拍下來存檔留做一筆人類的紀錄。否則沒有人知道這些人物曾經存在過。

也許是因爲……怕沒有人知道我曾經存在過吧！

我想，以一個紀錄者的身分存在也是一種存在。

獅子跟我要了一件毛衣。寫給我三封情書。

10/16

爛片眞多。

找獅子玩。

五封情書。

10/17

今天報上又有一篇豆腐的文字。仍然剪下來保留著。

找不到豆腐。我還是找不到豆腐。她不肯跟我們聯絡。我不知道她有沒有跟任何人聯絡。

只能從她的文字仍然不定期刊出的「現象」知道她還活著。

秘密地活著。

十二年了。

收到獅子三封情書。

10/18

突然想起豆腐，大一休學後從此消失。

很想念她。非常想。

跟獅子進展神速。

10/19

想拍「女巫群像」。

今天打給花木蘭，想拍她，把她狗屁倒灶的一個月都拍下來。想拍豆腐，想拍貞德，想拍出她們的美好也想拍出我的青春歲月與後青春歲月的現況。

花木蘭以一個有“BUSINESS SENSE”的年輕女企業家姿態勸我：「誰要看？沒市場嘛！不過如果你一定要做的話，我可以來幫你想想行銷策略。」

我跟她說：「只是紀錄片。不是做生意是做夢想的。」

突然被自己這句話給打動了。決定要著手進行。

跟獅子約會。

一共收到三十九封情書了。

獅子想穿得跟我一模一樣。我有點錯愕。她想買一雙跟我一樣的涼鞋。

10/22

貞德答應了。因爲她覺得天天跑新聞的日子很困頓。

花木蘭答應了。因爲她要挑戰無市場的行銷個案。

豆腐仍然找不到。……

獅子穿了一雙跟我一樣的涼鞋。我盯著看很久。她問我怎麼了。我沒說。

回家便把我的扔了。

10/23

今天跟貞德喝咖啡，她說跑新聞讓她覺得人生很困頓。新聞比衛生紙的消耗量還大，但衛生紙還比較有用些。

我聽了大笑。

但心裏很擔心她最近的狀況：最近一直聽到她說「困頓」兩個字。

問她怎麼了，她只是搖頭嘆氣叼根煙，說自己浪費了自己。

貞德在大報社跑新聞，有固定男友，令大多數人羨慕。但我們都知道她心裡有個部分是空的。但她不想提起。……

10/25

今天，忍不住告訴花木蘭天喜歡豆腐的陳年往事。

也許傷了花木蘭也許傷了貞德也許傷了豆腐，我不該說。但她該醒了。

我也該醒了。

獅子什麼都想跟我一樣。我爲什麼要跟我自己在一起。

11/20

先從花木蘭開始拍……

跟獅子吵架。

因爲太忙沒空見面。

11/22

原來我的老同學過著如此豪奢的社交生活。

一群衣冠禽獸滿口什麼品味、sense、taste，都是可笑的口頭裝飾品。

價格跟名氣，竟然成爲質感的判斷標準！

眞蠢!! 虛榮浮華的蠢蛋們竟然主控了我們的經濟及價值觀。

而我看到花木蘭……當窗理雲鬢，對鏡貼花黃。

跟獅子冷戰。

……

11/30

天不讓我拍進去。花木蘭翻臉。天翻得更凶。

三十歲的女人跟男人，從十六歲就認識，彼此生命的一半時間中都有彼此，只是深淺不一而已。但是十幾年過去了，十六歲起的秘密糾結，即使不再秘密，仍是糾結。

花木蘭的眼淚都是向天低頭流下的，此外我從來沒看花木蘭流過淚。她說自己是巾幗英雄，屁個英雄！天說什麼聽什麼。天不理她她也沒輒，天如果理她我看她也不會好到哪裡去。

……

今天拍的全是花木蘭的眼淚。爲了男人。

天對她來說，實在不太好！

跟獅子冷戰。

12/01

在看花木蘭的手記：關於她的繁殖……

貞德不想拍到牛蒡。老天爺啊！這些人是發什麼神經啊？不是說好了是紀錄片嗎？

來不及說服她趕著出去拍花木蘭……

花木蘭竟把她的紀錄片當宣傳片看……

天答應入鏡。

如果找到豆腐，我就讓天跟豆腐相處一下拍一段。

跟獅子分手。個性不合。

12/12

累翻了。女人眞難搞。

拍完這群女人，恐怕我就要去愛男人了。

12/20

花木蘭的素材可以告一段落了。貞德準備中。

跟獅子復合。

因爲每個人的個性本就不合，要多相處才行啊！這是獅子說的。

12/21

跟花木蘭吃午飯談她的繁殖。貞德準備中。

跟獅子談她的沒安全感。

很想豆腐。

12/22

跟獅子吵架。話就是講不下去。貞德準備中。

12/24

開拍貞德。

12/25

貞德拍了三個小時後拒拍。

想殺了獅子。一個老想複製對方情緒、穿著、講話用字的 copy cat。

01/07

貞德。

01/08

難道大家都魂飛魄散了嗎?

我想念我們。

01/17

突然無法面對我的紀錄片。

才看一本就看不下去了。

花木蘭跟我認識的不太一樣？從鏡頭上看其實我認不出她。

貞德的，有一大段晃動得很厲害不知怎麼用。

等我「能」看再說吧！

跟獅子吃晚飯時叫了皮蛋豆腐跟家常豆腐。■

【病例】

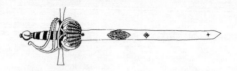

病例號碼：001　　姓名：獅子　　　床號：○○○

入院日期：2001/02/15

出院日期：2002/05/03

初診　　　　複診

主訴症狀：沒有安全感。喜歡愛。

病史：有紀錄者十四宗，已建檔。

家族病史：母多情。父癡情。

病人簡歷

職業：　醫師　　教育：博士　　婚姻狀況：未婚

1.運動(3-5次/週)　2.喝酒(0杯/天)　3.抽煙(0包/天)

4.咖啡(1杯/天) 5.茶(1杯/天) 6.檳榔(0杯/包)

是否正在使用藥物____0___

對藥物過敏____0___

Psychiatric system: copy cat（模仿合併症）

＊與同性朋友成爲好朋友之後，開始模仿對方所有行爲舉止穿著言語……

＊隨著當時密切交往的朋友，而整個人明顯改變

＊不由自主地模仿所愛對象

＊人生階段可以清楚地以當時交往對象爲指標

＊對自我定位有極大混淆（非性別角色）

＊患者本人爲非同時性的多種角色的扮演。

病癥

1.「鏡子症候群」：服裝，鞋子，洋傘，顏色，打扮，品牌，風格的模仿。

模仿不是問題，問題在於全面模仿不管自己的喜好。例如：不撐洋傘，開始撐洋傘。只穿運動鞋，開始穿高跟鞋。

2.「回音症候群」：對於交往對象的情緒或狀況，宛如回音谷，在隔天回饋相同的情緒與狀況。例如：對方有憂鬱症，兩三天後，也宣稱自己得了憂鬱症。對方情緒激動需要安撫，兩天後，也表現出情緒激動需要安撫。■

【花木蘭的繁殖 CAMPAIGN】

我不斷繁殖出我。

我可以同時存在於好幾個世界，同時出現在好幾個地點。

「繁殖」完全不曾削弱我的濃度與厚度。

我的母體越來越紮實強壯。

我變得更堅定，更具體，更不可動搖。

每個我，都有共同的問題，那就是分裂。

我原先以爲是因爲「我」太過擁擠，所以造成分裂。後來發現完全不是這麼回事，我就是會分裂。

不論是母體或是新繁殖出來的我，都逃不出這樣的命運。

我，越來越多，走在路上都怕會遇到。

我怕出門，我怕人多的地方，因爲遇見其他我的機率會提高。

如果我遇見了其他繁殖出的我，母體的我會具有絕對的代表性嗎？如果繁殖的我也對外宣稱她才是母體的我，我如何證明我才是最原始的我呢？

但我想我得先解釋一下「繁殖」：

以我爲根據，因觸媒的加入，使我爲了因應需求而繁殖出另一個我。我與繁殖的我，每一個我都能共享我的過往歷史，並以其爲基礎去發展不同的新歷史。「我」們，可以選用母體的任何過往歷史，而越晚繁殖出的我有越多的資源可以運用。

這樣的說法一定很讓人摸不著頭緒，只會誤判爲哲學上的或醫學上的文學性陳述。唯有舉出例子才能說明清楚吧！

我決定摘錄我的雜記作爲例子，因爲這些日記只是母體我繁殖出的我所寫的，所以請不要因這幾篇內容就以篇概全，對我產生偏見，關於繁殖的原因與其他相關事宜我將會一一詳述，現在請將重點放在「分裂的狀態」上。

分裂現象實例 I target audience: CC

劇情摘要

又分裂了。

我看見她和 CC 在一起……。

她被壓成一小團在沙發上，她一雙細長的手指放在 CC 的肩上，指節清楚，纖纖長長，她的右手臂慢慢地掙脫

CC的懷抱從肩膀滑進CC的頭髮裏，CC的髮像嬰兒的初生的髮，細而軟的鋪在頭上，鬆鬆的但不疏，她的手指像梳子穿過髮絲，但並非要梳順那髮，頭髮散在手背上、手指上，倒像是爲了襯托那手指而存在，而手指是如此的自知自覺。

她把雙腿伸向CC的身後，左腳伸長，搭在沙發的扶手上，右腳輕輕的圈著CC。

黑色的貼身喇叭褲服貼著她的腿，搭在沙發扶手上的左腳顯得修長，喇叭褲的垂墜性使褲腳像一片布輕輕搭在她的腳背上，使她的腳背與細長的腳趾更白更性感。

她很清楚這一點。

我知道她很清楚這一點。

我看著這兩個人，緊密而舒緩的姿態與身體的鋪陳使整個的構圖好美。我看著CC輕柔地摸著她的背，ANDY WILLIAMS突然從他們中間響起，歌聲瀰漫在他們周圍隔離了世界，CC停下來凝視著她，CC的神情仍是不可置信，幸福在他的眼眶中打轉……張開眼睛與我對望，我和她眼神交會了幾秒，我冷冷地看著她，她得意地挑釁著看我……

我閉上眼睛……

她總是讓我孤獨地站在旁邊看她。

所有的溫度、情緒、感覺都與我無關，我只被允許在旁邊看，如此近距離，如此全面。

我站在旁邊看著她，看著她談戀愛，看著她心不在焉，看著她認真地承諾，看著她天真地把諾言忘得一乾而淨，看著她輕易地記不得過往，看著她篤定堅決地愛與篤定堅決地不愛……。

我好想走開，但她逼著我看，所有她記不住的以及忘記的事情，我都要記住。全部記住。

她知道我在看她，她總是讓我這麼孤獨地站在旁邊看她。

我不想看也不行，她從不放過我。

她不放過我，我也不會放過她。

總有一天，我會讓她害怕看到我。

…………

分裂現象實例 II target audience: BB

劇情摘要

我看著他們——她和 BB。

她懶得動，懶得說話，心裏面的不耐煩快滿到臉上了。

她知道 BB 想要什麼，也知道 BB 即使再想都不敢主動，她看不起 BB，看不起知道自己要什麼卻不敢去得到的人。

BB不敢主動，BB太在乎她，太小心翼翼地不敢表現對她的想望。

爲了她，BB什麼都可以忍，即使是身體的慾望也可以忍，而且忍得毫不勉強。

她很清楚。

她知道BB愛她愛到怕她的地步。

她有時候會爲了憐憫而讓BB，但是那是爲了讓BB放心，因爲BB連確定她們之間的愛都不敢。

我同情BB。

如果他們之間出了任何問題，即便只是吵架，我都會站在BB這一邊。

她無聊而不耐地皺著眉頭，她忽然轉身，穿過BB注視我，我不忍心地對她說：對BB好一點，你明知道它有多愛你，多渴望你。

漠然在她眼裡閃著，我勸著她說：何必折磨他呢？

她的眼睛穿過我看向我後面，更後面更後面更後面，好像我不存在；瞬間又急速地縮回到她的眼睛裡，也是很後面很後面的，我看不出她臉上的表情，她突然伸出手輕撫著BB的臉，我找不到她眼神的焦點，那不在BB臉上。

BB忽然翻身……她卻站到我旁邊來了

我嚇了一跳，看著她，她背對著她和BB說：別管他們了！

驚愕不足以形容我的感受，她竟然跑出來了……

BB 正抱著誰呢？

她走向窗邊看著窗外，雨那麼大實在沒什麼好看的，大概她連我也懶得理。

我走向窗邊問她：妳以爲妳這樣便能置身事外？

她不理我。

我看著她：實在不知道她怎麼會跑出來，而且她怎麼可以這麼做？

我問她：妳到底怎麼了？

她突然對著我吼起來：都是妳啊！每次都是妳啊！説什麼他愛我愛得很退讓很委曲求全……關我什麼事啊？説得好像我很自私很不知好歹！妳爲什麼老認爲我在辜負他！妳有沒有想過，一直以來是我辜負了我自己，都是因爲妳！因爲妳那種莫名其妙的虛榮和自以爲是還有可笑的設身處地……

我聽見雨的聲音。

雨突然下得很大很大很大，房間都是雨聲，一滴疊著一滴，密密麻麻的，可是清清楚楚的一滴疊著一滴……好吵，好吵，吵得快受不了了。

我以爲雨下進房子裡了，我看不見她，也看不見 BB 和那個女生……

只有雨聲繼續著。

也許，連我也不在吧！

突然間，就是突然間，我好想看見她！

過去我一直看見她，也一直看著她啊！

我非常非常非常地想念她。

她似乎不想看見我，我感覺得到她轉身不再看我，這一秒的她比時間的力量還強大。

比死亡的力量還強大，比所有無可挽回的覺醒還強大……

我是愛她的，比 BB 還愛她

我不能沒有她……

…………

分裂現象實例 III target audience: DD

劇情摘要

我對你已經感到不耐煩了。

我沒想到你會這麼認真地看待我們之間的……事。

沒錯，我對你已經膩到……沒辦法把我們之間稱作愛情或情感，我覺得那只是……「事件」之一。

你只是 DD，代號 D。

我不喜歡沒有退路的愛情。

太義無反顧的愛情令我擔心。

我不是說我不愛你，我愛你愛得很眞很完全而且毫無保留，只是，愛情之於我不過是提昇心智與攻陷靈魂的一種遊戲——充滿策略性，侵略性，獨占性，用心理戰與生物戰不斷攻城掠地……

是的，佔領肉體與心靈，然後，轉移陣地。

我轉移陣地。

你可以再回到你的正常愛情裡頭去。

我都替你想好了。

你可以很安全地回憶我們之間，但不用付出任何社會成本，或個人名聲等等等的代價。

你老說你愛我愛得喪心病狂。

喪心病狂？

說來你也許不信，對愛情，我從來沒有到達那種深度……或者是說我沒有能力到達那種深度吧。

我也沒有興趣。

我不過是個只愛在事業上攻城掠地的膚淺的人……在愛情上也是。膚淺。

在你們這些達官顯要、社會精英型的人眼中，我的隨便竟有種率眞。

你們眞是有問題！生活太正常，太安逸，太沒有煩惱。

我便成爲你們眼中最精緻難得的高級人種。

我不覺得我曾蓄意勾引你，我也不覺得你對我有意思，我們只是水到渠成。不過是波瀾壯闊地決了堤罷了。

你的婚姻無聊我的心無聊。

而我當時正在AA事件中。

一直沒讓你知道，他也不知道，這樣你們都不會痛苦。

反正你們都是對我。

我也專一的對你們。

我並沒有打算對你們承諾些什麼。■

【來生，我要和你在一起】

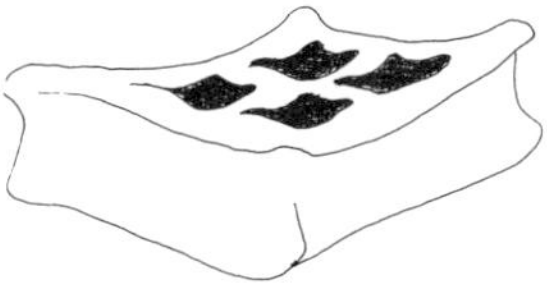

「你不能死！你不可以丟下我一個人……」

臨終病房裏，一對夫妻正在經歷著死別……

病床上的那個人是救不活了，他已經進入最後的時間。

他，武仁，的妻子，好像是叫做蓮容吧！跟他的感情非常好，至少這一刻的感情非常好，當然夫妻生活中也經歷了許多波折，其中也有著怨氣或不甘的情緒混雜在夫妻情分中，但這一刻只剩下所有的好。

不滿都過去了。好，也將要過去。

「你不要死啊！醫生求求你救救他，武仁～武仁～」

那個叫蓮容的人很吵！

很抱歉我這麼批評她！但她眞的是夠吵的！

她可不可以安靜一下，聽聽看伍仁有麼有什麼心願啊！一直在那裡雞貓子喊叫！

武仁掙扎著想要說話……

「武仁武仁～我是蓮容啊！武仁～你認得出我嗎？」

閉嘴啊！蓮容！讓武仁說話吧！

「武仁～你有什麼心願還沒達成的？你還有什麼在擔心的？都告訴我，我一定替你做到！你說說話啊！你說啊！你說啊！」

武仁掙扎著想要說話……

「你是不是擔心綠豆的婚事？你放心吧！我會辦得很風光的！」

閉嘴啊！蓮容！讓武仁說話吧！

「還是你不放心紅豆的功課？我會逼她考上大學的！」

閉嘴啊！蓮容！讓武仁說話吧！

武仁用盡全力，顫抖著嘴，一個字一個字，輕輕噴吐出來：

「…來…生…我要…和你…在…一…起……」

武仁說什麼？來生，我要和你在一起。對不對？這九個字對不對？我沒有聽漏吧！

趕快記下來！

「來生，我要和你在一起」

唉！臨終願望簿記員的工作壓力眞的很大！

前一陣子，有個新進的臨終願望簿記員，才因為少記了一個字而惹來一場官司！

法官判它去聽蟬說話三十年，直到一字不漏，一字不錯為止，除非表現良好提早達到標準，否則不准提早假釋！

聽蟬說話!?天啊！

臨終願望簿記員工會的辯護律師，本來希望法官能看在它資淺而經驗不足的份上，判個「過失扼殺願望」，頂多去聽螞蟻說話！

沒想到判這麼重！

蟬說得又快又急，常常口齒不清，每個字聽起來都一樣，而且都黏在一起，根本很難確實記錄！

這個重刑嚇壞了所有的臨終願望簿記員，所以，現在每個臨終願望簿記員都戰戰兢兢工作著！

「武仁～武仁～你不要死啊～～」

這個病房中，活著的人，將要品嘗生命中痛不欲生的感覺。

而死亡之人，將展開一段令靈魂們（不是人們）羨慕的深度輕鬆。

所以啊！叫他不要死，等於叫一個飢餓的人不要吃面前熱騰香嫩的牛排。

但在肉身活人的狀態下，就是不能理解！所以，怕死怕的要命！

他們不知道，死掉的人們，在天堂世界逍遙著，而且怕活怕得要命哪！

生命就是這樣：出生・入死・不斷交替進行。

人生在世，就是要借助肉身去經驗整個沉重的過程。

人死在天，則是要去經歷無肉體一身輕的靈魂狀態。

沒有人能永遠留在同一個「界」內。

沒有人能一直生，也沒有人能一直死。

這個道理啊！每個處於死亡狀態的靈魂都了解。

好啦！我這趟任務完成了！

武仁下一世投胎為肉身活人時的願望，已經為他歸檔了。

你一定覺得好奇，難道每個人的臨終願望都能達成嗎？

不！必須符合幾個條件：

第一， 必須是臨終願望的最後一個願望。

（有些貪心的傢伙，許了一堆自己都不記得的願望！）

第二，其他人的願望沒有跟他的願望相抵觸。

第三，合情原則或合理原則。

以武仁來說吧，據我所知，他的肉身經驗相當紮實：喜怒哀樂一切感受都盡力品嘗，面對靈魂時，不閃躲不隱藏不逃避不說謊，甚至他上一世留給自己的願望，也盡力承擔。

你知道的！這一世的願望可能是下一世的負擔啊！

當然，也有很多人，這一世的願望就是下一世的願望，並不會變成負擔！

很難講啦！

通常都看「當世人」（你們叫「當事人」）怎麼處理。

啊！話題岔開了！

剛剛講到武仁的願望嘛！

以武仁來講，他本身紀錄沒有問題，目前又符合上面三個條件，所以啊！他的願望一定會被安排達成的！

通常這時候，我們臨終願望簿記員也與有榮焉，會被嘉獎呢！

嘉獎什麼啊？

當然是多一些休假囉！

很好笑嗎？你聽我說！

肉身活人喜歡做工，以工作啊地位啊錢啊房子啊……來肯定自己或炫耀自己。

靈魂剛好相反，我們以休假爲榮，以靈魂的淸澈度爲傲！

你聽得懂嗎？

我們最大的不同雖然在於本質：你們有沉重的肉身，我們是無重量的精魄。

但眞正不同的是，你們喜歡擁有越來越多的東西，使自己越來越重。我們則是能拋則拋，能免則免，剔除雜質，淸澈輕盈。

休假，就是讓我們滌慮洗心的最好時候啊！

不能跟你聊了！我要回去寫「臨終願望執行報告」了！

什麼？你還有最後一個問題？

如果相約下一世還要在一起，但死亡時間不同，投胎時間也不一定一樣，那該怎麼辦？

這你放心吧！

有我們臨終願望簿記員啊！

在他們還沒到天堂之前，今生今世的所有資料，包括臨終願望以及執行方式，就已經全部製成「來世投胎計劃與時間進度表」了，他們只需要安心地享受靈魂狀態，清理一下靈魂混濁度，或者是炫耀一下靈魂清澈度。

（那可是最有趣的樂子呢！）

等時間到了，人事行政安排好了，就會有接駁車接你去投胎！

當然他們並不知道「來世投胎計劃與時間進度表」的內容。

你說什麼？你錯了！就是不知道來世會怎樣才好玩啊！你打電玩的時候，會想先知道你第幾關會死？而且會死在第幾分鐘的哪一個機關嗎？

預先知道會怎樣怎樣……天啊！誰要玩哪？無聊死了！

回到你剛剛的問題，其實，大部分的人都會在天堂等著跟相約好的另一半見個面啊！敍敍舊啊！一起渡個假啊！然後愉快地投胎在同一個世代裏。

當然啦，也有不願等待的，很可能的狀況是：老少配，或者是肉身那位，也就是活著的那位在同一世裏跟同一個人結婚兩次呢！當然他並不知道是同一個靈魂投胎的啦！

這並不是最困難的問題，最困難的部分在於投胎後如何能在相遇後認出對方，如何確定就是對方，如何不被其他外圍事件干擾而影響到彼此的靈魂約定。

很複雜吧！

其實很簡單！

一個肉身活人的靈魂成分或純度越高，他就越清楚，越不會被自己的肉身或外在的變化或週邊無謂的東西干擾。

不說啦！我要寫報告去了！我得仔細地寫，只要出一點差錯我可就完了！再說，我還打算用這份報告多得到幾天休假呢！

臨終願望執行報告

靈魂代號：20010805 陳武仁

死亡前性別：男

肉身人世經驗：七十年

臨終時夥伴：妻子張蓮容，護士兩名，醫生一名

預定來世性別：男

臨終願望：「來生，我要和你在一起」

執行方式：安排一個名叫「來生」的女子與他相遇

■

【別關照我了！】

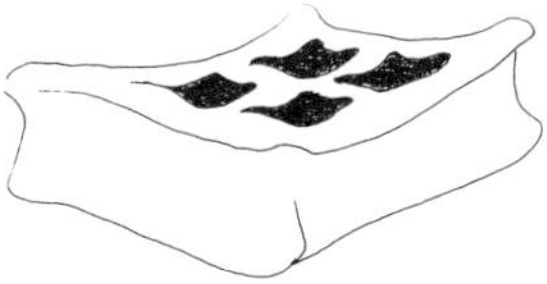

排隊排得夠長了。

早就料想到了。

因爲生靈法師實在太有名了，不論你想見到哪一個親友，他都有辦法幫你牽來。

這個外觀像廟的地方叫做生靈殿，它的外觀雕樑畫棟，大廳前的兩根紅色大廊柱上攀著精雕細琢的兩條龍，大殿前的廣場上有一尊很大的香爐，香火鼎盛，氤氳瀰漫，跟我們到廟裏拜拜上香的情形一樣。

生靈殿裏不斷傳出哭聲，有的是飲泣，有的是嚎啕大哭……

沒有人是愉快的。

想想也是吧！

來這裡不就求個生離死別後的重逢嗎？

外殿有個像醫院啊、郵局啊、那一類機構抽碼牌排隊的東西。

是的，來這裡要先抽號碼牌。

在哭聲與竊竊私語中，不斷有廣播號碼的聲音穿透出來。

廣播不斷地報號碼，輪到你的號碼時才能進入生靈殿外殿做準備。

我是 15270 號。

1-5-2-7-0

一萬五千兩百七十。

等死算了！

真的！說不定啊！等死還快一點！

可是一想到那些牽完出來的人，繪聲繪影描述與親人相見的情形，我就決定在這兒排隊等下去。

我想念我老婆。

來不及見她最後一面，來不及告訴她我愛她……種種遺憾、種種悔恨，此時一起湧上心頭。

我想念我老婆！？

我看著手上的紙牌：15270

15270

現在是多少？

5261

等死都比較快。

不知道用這種方式見到生死兩隔的親人是好還是不好？

有人說，這種相見是一種違法的行爲，是一種打擾，對雙方都不好！

可是，既然能見面，沒有什麼比見面更重要的了！

對雙方最不好的恐怕是：明知道有法子可以見面卻不見面吧！

5262

有人說，所謂見到面其實都是幻想或騙人的，可是有許多人卻堅稱眞的見到而且還能交代淸楚許多事情。

5263

進展挺快的，只是一波一波的哭聲不絕於耳，挺吵的。

看到老婆我要說什麼呢？

我要跟她說我愛她，我想念她，我不該跟她吵架，我應該多讓著她一點。

雖然我曾經承諾來生再續夫妻恩情！但是心底仍有許多的感觸與不放心想跟她說。

等不到來生的。

5264

前面有人被抬出來，怎麼回事兒？

好多人去幫忙，怎麼回事兒？

被抬出來的是八十歲的老先生呢！哦～因爲沒牽到，太失望就昏倒了。

對呀，今生的牽扯誰能等到來生才解決啊？

5265

一個號碼一個號碼的進去，進度・眞・的・很・慢。

5266

「排得好累！你幾號啊？」我旁邊一個二十多歲的女孩子跟我搭訕。

「15270。」

「你快排到了嘛！」她羨慕地看著我的號碼牌。

5267

「哪有？現在才 5267。」我沮喪地說。

「你是 5270 啊！還差三位就輪到你啦！」她睜大眼睛驚訝地看著我。

「還差一萬零三位！」我光說出這個數字都覺得無力了，更別提還要一直等等等等下去。

「一萬零三位？哈哈哈哈……你一定是第一次來對不對？」她笑了

「妳怎麼知道？」

5268

「前面那個數字『1』，代表的是牽前一世的人！不是第一萬號！要不然的話，等死還比較快咧！」她聰慧地笑著。

「這麼說快輪到我啦！太好了！否則眞的是等死還比較快咧！」我一聽精神都來了。

「對呀！等死還比較快咧！哈哈哈。」

5269

「難怪，我說怎麼每叫一個號碼，就有一堆人進去！」

我不好意思地摸著頭說。

5270

「輪到你啦！有機會再聊！」她很爲我高興地拍拍我的肩膀。

我們一群 5270 湧進生靈殿外殿塡資料……

我看著資料一一塡上……

首先要塡上自己的名字：陳武仁

被牽靈的陽世名字：張蓮蓉

關係：夫妻

你所知的被牽靈居住地址：台北市三中路 22 巷 68 弄 12 號

你所知的最近的活動範圍：台北市東區忠孝東路附近各百貨公司、建國花市、迪化街夜市……

最常搭乘的交通工具：捷運或走路

做常做的活動：逛街，上班

最常犯的錯誤：粗心、心不在焉

最喜歡的穿著：套裝與高跟鞋

最愛吃的食物：麵線

……

……

整整兩張，哇塞！比交友資料還詳細。

可是，爲什需要塡這些呢？

奇怪！

我填完後交出去，就坐在外殿的椅子上等。

這時候有人來叫我進去……

黑黑的大廳，許多人都眼睛蒙著一塊紅布，安靜地坐在椅子上。

並不安靜，除了哭聲，喃喃自語聲，空氣中還有一種嗡嗡嗡嗡的聲音在低吟著在震動著……

這時候，人們口耳相傳的生靈法師走向我。我雖沒見過生靈法師，但她們這種穿梭陰陽界的人有種奇怪的氣質與裝扮，總是能讓人一眼就辨認出來。

她穿著白色長袍，手上拿著一本黃褐色的本子，像電話簿，但只有它的 1/3 大小。

她有著極淡極淡的眉，五官感覺很單薄、很輕淺，你幾乎無法細細地看清楚她的長相，你只能看見整個全貌。

所謂全貌就是包含了氣質、氣勢以及一種氣概。

但絕無氣焰。

很怪！

氣勢磅礡，毫無氣焰。

生靈法師的助手用一塊紅布遮住我的眼睛，然後繞到腦袋後面綁緊。

我聽見她口中念念有詞，那念念有詞的聲音帶動了大廳中原本隱然難辨的嗡嗡聲，整個音波轟然襲來包圍著我，密不透風。

我猜想胎兒在羊水中必定是這樣的感覺吧！

在嗡嗡聲中，我聽見翻閱紙張的聲音。

生靈法師叫我在心中先報上自己的名字，然後默念張蓮蓉與她的生辰，接著不斷叫著張蓮蓉的名字，不斷呼喚她……

蓮蓉～蓮蓉～蓮蓉～

「看到她了嗎？繼續叫她！不要停！專心！」

蓮蓉～蓮蓉～蓮蓉～

我是伍仁～

蓮蓉～蓮蓉～蓮蓉～蓮蓉～蓮蓉～蓮蓉～

我是伍仁～

什麼都沒看見哪！昏暗一片……混沌一片……

「看到她了嗎？繼續叫她！不要停！專心！」

有一到光束！光束中有個晃動的人影被推往我面前。

蓮蓉～蓮蓉～

妳怎麼了？妳怎麼了？妳的右腿怎麼了？

蓮蓉拖著右腿，一跛一跛地左右張望，臉上充滿驚恐和迷惑。

「她來了嗎？她來了嗎？繼續叫她的名字！不要讓她走掉！」

蓮蓉～

「很好！她看見你了！她看起來怎麼樣？」

蓮蓉一看見我，就跛著腿向我衝過來！

我知道她很激動，我感覺得到她的激動！

「生靈法師，她的右腿爲什麼……像斷掉了似的？」

蓮蓉你好嗎？妳過得好嗎？

「她出車禍。」

「出車禍？生靈法師妳救救蓮蓉啊！妳救救她啊？」

「不要激動。她沒事。如果不讓她瀕臨死亡，就沒有辦法把她牽下陰間跟你見面。生靈是不能下陰間的。跨越陰陽界有時間限制，你要把握時間，否則她就回不去陽世了。」

蓮蓉～對不起，我太自私了！生死兩隔是事實，我卻強求要見妳，我太自私了！爲了我自己，差點害死妳！

蓮蓉淚流滿面，我也是。

蓮蓉！妳快回去吧！見到妳我很滿足了！妳要好好的活下去！

答應我！好好的活下去！

蓮蓉伸出雙臂想擁抱我，我催促著蓮蓉轉身快走！

夠了！今生足夠了！

我的私念差點害死我最愛的人。

我不會再牽生靈了。

我不會再思念蓮蓉了。

生靈法師口中念念有詞，幫我把紅布拿下來，她看著我，慈悲地說：「人間有觀落陰、牽亡魂，陰間有觀陽世與牽生靈，這些都是越矩的行爲。但靈魂中最獨特、最無可取代的就是情感，難免感情用事而有所逾越，但是知道逾越必須付出的代價後，往往能讓情感眞正放下……慢慢體會吧！下一世若有機會再輪爲人，要學習的還多呢！」

放下了「伍仁與蓮蓉」。我走出生靈殿。

都放下了。

覺得靈魂很輕。

準備重新做人。

我慢慢穿過等待牽生靈的人群，往該去的地方前進……

忽然有人拍我的肩膀，是亡靈殿的使者。

「你陽世的家人來觀落陰。」

陽世。

家人。

觀落陰。

我是亡魂。

有緣再見面吧！■

【貞德的新聞價值】

唉！花木蘭終於打給我了。等了好幾天。這個六親不認的女強人被我唸了半天後，吞吐半天竟是要問天。但天離我很遠，我早在天之外了。

我能提供什麼呢？小道消息？私人秘辛？我早知道花木蘭喜歡天，高三就知道，但天不喜歡她，因爲那時的天喜歡我。但花木蘭也太癡心了吧！不到手不罷休？十幾年了呢！想想也好笑，情場老將敗在天手裡。

但我能提供什麼呢？天和我早就不聯絡了。但絕不是翻臉，過去的事我早已經讓它過去，我們只是沒有機會或藉口再聯絡。

此外，要談天，我一點也不怕呢！

天喜歡什麼，天討厭什麼，天說話的語氣，天走路的姿態……輕輕一想就全部都回來了呢。但我要說什麼呢？十多年沒聯絡了。他還是一樣嗎？他仍舊喜歡他喜歡的東西嗎？他仍舊討厭他討厭的東西嗎？……

我跟花木蘭說，我決定用五個W一個H來說天：

WHO：天

WHOM：對我，貞德而言

WHAT：成爲我的天

WHEN：十五、六年前高中時代

WHERE：我的心上、我的生命裏

HOW ：1.等他，決不催促他

2.愛他，也想辦法讓他愛

3.感覺一切，但不要太敏感

4.相信他，不論多難以置信

5.把他放在第一位

花木蘭大叫說我是笨女孩。還說不知道當年我這麼笨。

但贏的是我啊！我心裏想。

我說，從天之後，我再也不用這種心情戀愛了。

花木蘭叫我爲牛蒡也做一次五個W一個H，但我覺得很難哪！牛蒡跟我實在沒什麼值得在生命中大肆宣揚的新聞價值吧！

花木蘭決定幫我做一份，她說：

WHO：牛蒡

WHOM：對我，貞德而言

WHAT：促進我的消化及腸胃蠕動，幫助排便

WHEN：去年。高中畢業後十五、六年

WHERE：我的生命裏

HOW ：1.不等他，不催促他

2.讓他愛，也想辦法愛他

3.敏感一點，但不必什麼都去感覺

4.相信自己，不論多難以置信

5.把自己放在第一位

我大笑說，死花木蘭！那天打電話給你，本來想跟你談談也許是該跟牛蒡分手了，結果還沒談哪你就下了結論啦！

花木蘭說，分什麼分哪!?牛蒡對你的生命健康有益啊！

是嗎？可是我想要深刻的愛，愛到毀了我都行，眞的，不然我感覺不到我活著啊。

花木蘭繼續唸：妳別傻了！牛蒡對妳那麼好，不要可惜了！

我忍不住回她：天對你好嗎？他對妳的生命有益嗎？妳幹嘛還在等他呢？

……

電話那頭安靜了，安靜地奇怪。

天哪！花木蘭哭了！

我急了：「花木蘭……。我不是……妳知道的……不要哭了啦！」

花木蘭隔著電話哭著，我隔著電話聽她的哭聲。

「花木蘭不要哭，妳比我勇敢啊！記不記得妳以前在操場中央講的話？我比不上妳啊！什麼都比不上妳，連壞念頭也比不上妳。花木蘭不要哭！」

「貞德，妳知不知道，從以前，天就一直喜歡……」

喜歡什麼？

喜歡……喜歡……

喜歡什麼？

沒什麼。

說嘛！

沒什麼啦！對了！帶刀要拍妳了吧！

對！預計後天。有點後悔耶。我沒什麼好拍的。日子無聊。每天跑跑新聞寫寫稿子……我挺羨慕豆腐呢！人消失了，作品倒不斷的一直出現。早知道當年跟她一起休學。她可是我的救命恩人呢！

豆腐不是妳的救命恩人。豆腐是兇手。

妳說什麼？

貞德，妳想跟牛蒡分手就分手吧！我沒資格告訴妳該怎麼做，不要聽我的，我犯的錯再精采，也還是錯啊。想分就分吧！愛情是什麼？愛情是讓妳義無反顧的，即使天誅地滅也不猶豫。

如果牛蒡不能讓妳奮不顧身的開心、奮不顧身的傷心……我不知道對妳這是不是愛。也許是，但因爲我太淺薄，這是天說的！所以要特別離經叛道或特別激烈、特別用力我才能感受得到。也許不是……我不知道。

我羨慕妳的相信、妳能付出妳的相信。不像我，老怕被傷害，所以全部的愛不放在同一個籃子裏。因此愛被稀釋的如此淺薄，我的心也是。但我根本不是淺薄的人。我是怕淺薄的。

……我懂。花木蘭，我眞的懂。……妳說豆腐，是怎麼回事？

沒什麼。唉！我胡說的。豆腐雖然怪，其實，很可愛。眞的很可愛。

帶刀在找豆腐呢，我也好想豆腐，我們想辦法找到她吧！

這通電話讓我好想找到豆腐，我想把我們四個再聚在一起。當年那四個穿著白衣黑裙時而苦讀時而瞎混的小女巫啊……

也許當我們重聚在一起，什麼問題都迎刃而解了。■

【三十・七分熟・紀錄騙】

邁入三十歲的女生就像正要赴一場盛宴。

對於小腹上的贅肉總是很有辦法。在健身房進行運動社交；分享雞尾酒療法與雞尾酒熱量表；節食或挑食；或者與之和平共處……對於三圍，已經淪爲小道消息。

如果二十多歲的女生是五分熟，三十歲的女生則像是一道七分熟的佳餚，但不論是五分熟或七分熟，都是要端上桌的。

三十歲有什麼好？三十歲的好是很私密很主觀的。每個三十歲的女生都有她滿意自己的理由。那理由的可信度與理信度其實很可疑，就像在一個冬日午後，陽光透過窗簾，緘默但毫不避諱地走進你靠窗的桌邊，與你對坐，而海頓恰巧從收音機中傳來，攪拌著這個時刻的溫度與空氣。其實你並非海頓的樂迷，但在這個時刻裏，當大家都有冬日陽光，只有你秘密地獨享了海頓時，你便會決定海頓是冬日午後的最佳配樂，而那年的冬日午後可能因此成爲生命中最棒的午後。

海頓可能是妳的愛情或事業或學位，三十歲便成爲那年冬日的午後。

但三十歲有什麼好？好在……還沒有「全熟」。還有百分之三十的新鮮可言。又不至於像五分熟那樣血淋淋。

上面是紀錄片中的我眞實的想法？我在騙誰啊？三十歲一點也不好。花木蘭不好，要天要不到；帶刀不好，如果好，她就過日子去了，誰還拍紀錄片啊？豆腐不好，要不然也不會消失啊！

我爲什麼要被帶刀拍？如果不是帶刀，我絕不會要拍什麼紀錄片的。帶刀爲什麼要拍我？因爲我特別？還是爲了證明她自己特別？

是被採訪的那條新聞特別？還是採訪那則新聞的記者覺得自己特別？

三十歲的我糟透了。

困頓。

還要被紀錄下來。

我承認我困頓。即使到八十歲問我，我也會承認三十歲的我困頓。

不要拍了。不要記不要錄不要騙。■

【縱使相逢應不識】

豆腐用發表小說的方式告訴我們她的存在，但也同時告訴我們：她其實不在乎我們知不知道她存在。

帶刀幫我和花木蘭拍紀錄片，是在用她的觀點記下她的視線，證明作者本人——也就是她的存在。

花木蘭用自由心證的愛或被愛，感受她自己的存在。

我呢？

每天的採訪報導不能證明我的存在，停泊（stay）在牛蒡的身邊，只能說明牛蒡的存在，不能說明我的存在哪！

我存在嗎？如果不，那我的狀態是什麼呢？

困頓啊。困在一種停頓中啊。

走不出來的。因爲停了啊頓了啊。困在停頓中成爲一種滯留狀態。

我找不到存在的立足點哪。站不起來，也沒地方站啊！

帶刀說我就是我自己的立足點，不需要找。

帶刀不知道，沒有天的我，就不是我啊。我早就不是我了。不是變了。是失去我了。天把我帶走了啊！

天是帶著我的心跟我分手的啊！

所以我不知道我是誰了。新聞標題下的「×××採訪報導」的×××？

×××只是×××。用整則新聞賺薪水的人哪。

我是誰啊？

花木蘭知道我是誰。牛蒡知道我是誰。豆腐知道我是誰。天知道我是誰。

我不知道我是誰啊？

我老覺得自己是白衣黑裙紅書包的十七八歲女生。十幾年前是。十幾年後是。昨天是。今天是。

明天也是。

我永遠都是那個白衣黑裙紅書包的十七八歲女生。

這就是我的困頓啊！

大一之後的我從不存在。空白著。

帶刀你聽我說了話之後，爲什麼不說話啊？

這不是紀錄片嗎？這不是可以說些眞實的內在嗎？

帶刀啊！你不說話是因爲你也仍然是那個白衣黑裙十七八歲的女生吧！是吧？是的！我知道。

我知道。

你知道。

也許豆腐的消失也是因爲這個原因吧。

只是她比我們自覺。比我們早發現。

我們承受不了十七八歲之後的我們。

我們都沒有能力從十七八歲再繼續長大。我們的心智、我們的率眞、我們的記憶、我們的單純、我們的勇敢，都在十七八歲那裡成熟。

即使才到十九歲，便也都不對勁。太成熟啊！熟透了熟爛了。

你還要拍嗎？

我想去自殺了。

我該留在十七八歲才對啊！

晚了十幾年哪。難怪都不認得自己了啊。

帶刀。謝謝你，你不要哭啊。如果沒有你們我更不知道該怎麼辦哪？

你知道嗎？有時候啊，我覺得啊，我是爲了跟你們在一起而活的。

爲了跟你們在一起而活！好單純好開心好平靜。

你懂對不對。我知道你懂。你知道很多事，但都沒說出來……謝謝你。

帶刀，不要哭，你這樣怎麼拍啊！你的機器在晃呢！

這好像是我的遺言喔。但我自己覺得啊，比第一天開始拍時講的話好多了！那天我還說這叫紀錄騙，騙子的騙啊。

停下來吧！別拍了。眞的。

停下來吧！■

【引渡】

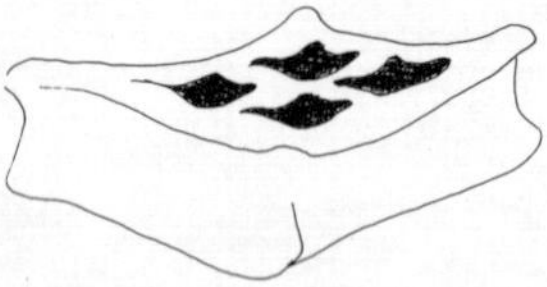

一顆子彈從槍管中高速噴出，摩擦產生的高熱與火花在槍口閃爍著。

由於光速比音速快，所以在黑夜裡，大家都先看到那朵不規則的放射狀火花，之後才聽見聲音。

槍聲。

一顆子彈的聲音，引來了無數的一顆子彈。

獵戶座倒下了。

獵戶座倒在深夜的樹林中，全身被打穿了，像銀河似的透出許多光點。

很燙。很辣。很濕。很痛。很無力。很重。很……

獵戶座對於全身一個一個的彈孔能讓他有這麼多的感覺，非常驚訝。

很輕。

獵戶座看見大批的警方喲喝著，衝著他一湧而上。兩三層的人牆，層層疊疊地衝向他。

穿過他。

穿過他，去包圍他。

獵戶座回頭看著警方圍成一圈低頭討論……

「走吧！」

有人打電話，有人蹲下去查看，人聲吵雜，每個人都在叫囂著，每棵樹每株草也都在叫囂著……

「走吧！」

「沒什麼好看的！走吧！」

獵戶座覺得有人在拉扯他……

「牛頭馬面？」

「不然咧？你這個作惡多端搶劫殺人的壞傢伙，希望誰來接你？」

「我……？」

「對！沒錯！你死了！」

「我知道我死了！我是說，我以爲牛頭馬面只是古代流傳下來的……民間故事中……虛構出來的妖魔鬼怪而已。」

「你這死人！死得不耐煩啦！侮辱我們對你沒好處！」

「我不是那個意思！……我……我們現在要去哪裡？」

「民間故事怎麼說我們就怎麼做囉！下—地—獄？答對了！」

牛頭馬面把手鏈腳銬往獵戶座身上一晃，獵戶座就成了民間故事中押解犯的那個樣！

他們一行三……人？一行三位：一牛頭一馬頭一人頭便向地下飄竄

「啊！小心啊！要撞上草地啦。小心！泥土！啊！」

「閉嘴!!你殺人的時候可看不出你這麼孬種啊！」

剛開始一路往下竄時，獵戶座嚇得都快脫肛了，當然啦！那只是感覺快脫肛了！其實他已經沒屁眼了！

等到他習慣以後，就開始想用他混江湖的那套來討好牛頭馬面。

「兩位大哥！小弟有一件事情不太明白，想請教兩位！」

「一件？你不肯好好唸書也不肯學一技之長，卻只有『一件』事情不明白？」

「哎！大哥教訓的對！我是說『現在』想到一件不明白的事！」

「問吧！」

「民間故事中還有一種……也是幹你們這一行的……叫『黑白無常』。是眞的還是虛構的啊？」

「不是跟你說了嗎！民間故事說的都是眞的啊！」

「你們的工作怎麼分啊？」

「什麼意思啊？你想問爲什麼是我們來遣送你而不是黑白無常對不對？」

「哎！」

「你認爲呢？你以爲我們搶著來遣送你啊？沒錯！我們爲了搶這個機會打了八圈麻將，下了三盤圍棋，七盤象棋，因爲我們都想搶先看看這個喪盡天良的人是什麼死樣子！」

「……」

「算了！不騙你了！套用你的話，幹我們這一行的啊，沒有人想遣送你！」

「……」

「我們啊打麻將被自摸，圍棋贏一盤，象棋贏兩盤，才衰到要遣送你這種死相難看的死鬼！」

「……」

獵戶座沒有再說話。

他知道活人討厭他，唾棄他！可是，沒想到連死人都討厭他唾棄他。

也好，反正死了！直接下地獄去接受該受的懲罰吧！

如果沒有被警方的亂槍打死，如果他還活著的話，他還得接受被害人或被害人家屬的指責與眼中的恨意悲哀，還要接受法院審判，社會輿論指責，父母親戚也會因爲他而羞愧的抬不起頭來……

還好！死了！

死得好！

老天待我不薄啊！

下輩子我一定要每個月初一十五去廟裏燒香拜拜。

眼前的路越來越黑越來越崎嶇越來越窄小，路的兩邊像有高山聳立，又像是走在懸崖狹路上，不斷變換……

遠方有許多紅色的透著光的洞孔，隨著慢慢走近才發現是許多燈籠。

牛頭馬面在高大陰森詭異的城門前停下來，他們拿出一張黃色粗糙的紙張，像冥紙的材質。

一個面目猙獰的將軍打扮的守門人接過紙，隨即轉身指著城門上密密麻麻的名字，好像在查閱對照似的。忽然，城門左上方突出了一張像詔書那像的捲筒狀的紙券，紙券輕輕飄落在守門人的手中。

他打開來看，然後交給牛頭馬面，牛頭馬面看著看著楞了一下，他們互看對方一眼之後，哄然大笑起來。

他們眞的在大笑，而且笑出了眼淚，牛頭馬面開心地笑出了眼淚。

那種非常開心的大笑，在地獄裏應該是不被容許的吧！

牛頭馬面的笑聲有點淡化了地獄的陰森，但那也絕不是陽光型的笑法，所以，當燈籠被他們的笑聲給震晃著，那晃動的燈火與尖銳的笑聲卻讓地獄更詭異了！

好不容易牛頭馬面才停住了笑。

「喂！那個死人哪！」

「你……你……你叫我？」獵戶座被突如其來的詭異狀況嚇的楞住了。

「這裡除了你還有誰是死人!?你這個死人注意聽好！

你要立刻返回陽世！」

「什麼？」

「上面的，你知道『上面』吧？利用引渡條款要求我們把你遣返回陽世。」

「爲什麼？」

「因爲這樣就讓你死掉太便宜你了！你要先回去陽世面對你要負的刑責和懲罰，等到你該受的活罪都受完了，槍決之後再下來受死罪！」

牛頭馬面講完又開始笑，開心的笑，笑得震耳欲聾！

獵戶座被抬上救護車。

雖然瞳孔放大雖然沒有心跳雖然可以判定死亡。警方還是請醫護人員做了急救動作。

奇蹟似的，獵戶座竟然被救活了！整整休養了兩個月後，他才能離開病房接受偵訊跟審判。

出現在法庭上的他是這樣的：他的右半邊癱瘓，左半邊是好的，但左臉麻痺，左腳治療後比右腳短了五公分。

他的左眼瞎了，因爲警方以爲他已經死亡，搬動的時候不小心讓他的眼珠被樹枝給戳出來了，不知道是沒找到還是沒去找，反正左眼現在是空的。

他以三個殺人罪，五個搶劫罪被起訴。

罪名全部確定。

三個死刑，三個無期徒刑。

六個月後槍決。■

【先去逛時尚精品那一層】

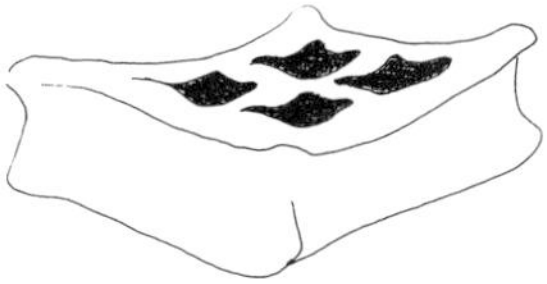

下班了。不想回家。被老闆罵，跟男友冷戰，跟室友處不好……覺得台北之大，竟然沒有一個自己想待的地方。

去逛街吧！

吃點東西，買點東西也許可以讓自己心情好一點。

她拎了包包，走出辦公大樓走進忠孝東路的人群中。

她想著跟男友緊張而冷淡而客氣的關係，想著老闆的歇斯底里，想著神經質的室友……為什麼全世界情緒有毛病的人都集中到她的生活裏？滲透到她生活的每個細節中？

心情真的很差。

喔！SHIT！

她絆了一下。

高跟鞋的跟好像斷了？真倒楣！反正夜色這麼黑，別人應該看不出來我走得一高一低，將就點吧！待會兒去買一雙新鞋吧！

想著又悠悠晃晃的繼續走著。

人潮突然多了起來，她走得一高一底拐得很厲害，她懶得看，反正高跟鞋就是這樣，走路時妳得對它小心翼翼，它可不會把妳捧在手心上啊！

忠孝東路熱鬧的街景依舊，和男友的感情卻連路邊賣的麵線都不如——還沒嘗完味道就變了、餿了。

咦！今天賣麵線的沒出來擺攤啊？

好擠！今天逛街的人可眞多啊！她被半推半擠地向前走。

哇！這裡什麼時候開了一間這麼大的百貨公司啊？

我眞是太久沒逛街了！

今天要好好的犒賞自己，享受一下難得的……唉！孤獨！

很多人在電梯前排隊，看來這家百貨公司有特價活動！

等她快排到的時候才發現，這家百貨公司的電梯很特別，一次只讓一位顧客進去。但是，下一班電梯來的非常快，幾乎是門一開一關之間的速度，所以人潮疏運的非常迅速順暢。

很快就輪到她了。

「您好！」

電梯小姐清脆甜美的聲音響起，打斷她腦中不斷流出的對生活的哀怨與不滿。

嚇了一跳的她看向電梯小姐：臉上的妝畫得精緻細膩，有種殷勤的立體感，這麼說吧！那妝連她的表情都勾勒的一清二楚。

「歡迎光臨。」

啊？她抬頭看電梯上方的樓層簡介

B1 美食廣場

B2 生鮮超市

……

她想起高跟鞋剛剛在路上扭斷了，那就先去買雙高跟鞋吧！「請問高跟鞋……？」她一面看著新開的百貨公司樓層簡介，一面開口問電梯小姐。

「好的。時尚精品。」

電梯小姐親切地回答她。

她覺得樓層簡介看起來有點怪。

也不知道哪裡怪？可是，就是有什麼不對勁。

她仔細看：體育/醫療用品，家電與電器，廚具寢具家具，文具/玩具/書籍，電腦電玩特惠廣場，士紳男裝，嬰兒與孕婦，青少年特區，少女淑女婦女流行廣場，婚紗禮服攝影，新物件資訊、會員服務與詢問處……

怪在哪裡？

一應具全啊！怪在哪裡？

怪在……

「時尚精品到了，祝您愉快！」

電梯門開了！

好多人！好熱鬧！

先看一下這一樓的簡介吧！

哇！這眞是好前衛的分類方式！以時尙精品這一層來講，它分爲頭區、手區、頸區、胸部區、腹部區、臀部區、大腿區、小腿區、腳區……。

而光是腳區就分爲腳趾、腳底、腳背、腳踝、全足……。

腳區就在電梯附近，往左邊走……看到了！在那裡！「腳區」。

這是我見過最前衛最有創意最幽默的百貨公司！

它的裝潢陳列設計非常棒，有各種腳，各種顏色，尺寸，連材質也有很多種呢！

你看天花板垂下的指示牌：光是腳趾區就分左右、分五指、還分指甲呢！

每一區都有很多人圍繞著，大聲叫著尺寸與顏色與左右……

高跟鞋區不知道在哪裡？

人眞多！看來要擠進去很難，先逛逛吧！

她一拐一拐地擠進某一堆人群中……

啊！眞噁心！

她不敢相信她眼睛自己所看到的：一個人的左腳趾全部被輾斷，傷口的血已經凝結住了環繞在傷口外圍，骨頭啊血管啊肉啊一團糊。

好噁！

「……八號太小！這邊改成八號半左腳趾一盒裝，黃色 72 號或咖啡色 24 號。你兩種都試試看好不好！大小不合再跟我說……我知道那不是你要的顏色，但是我們現場褐色 45 號缺貨！要調貨！所以才讓你先試大小再看顏色嘛！好不好！下一位……你不要急！我先服務別的客人……」

這在幹嘛啊？

專櫃小姐看著她旁邊的中年男子：「男性亞洲九號右腳中趾一枚，黃褐色好嗎？跟兩邊腳趾的顏色比較配！」

那個中年男子的右腳沒有中趾。

這是在賣什麼啊？

「小姐你要先去小腿區哦！」專櫃小姐看著她說了這句話！

「小腿區？我要買高跟鞋！」

忙碌的專櫃小姐親切地回頭看著她：「我知道那種感覺！你先去小腿區！」

她低下頭看自己的小腿……啊！我的腿！我的腿！怎麼會這樣!!

左腿還好，右小腿從中間斷裂，帶著血的骨頭從裡面戳出來，白白紅紅的血肉糢糊！

四周的人也注意到她了！一個小女孩做了一個噁心

的表情！那位男性亞洲九號同情地看著她，「你再往左邊直走就是小腿區了！那邊人蠻少的！應該很快就可以輪到你了！」

這是什麼地方啊？

我怎麼會變成這樣？

一陣暈眩湧上來她幾乎站不住了……

「妳還好嗎？」有人扶了她一下。

一個穿百貨公司制服但多戴了一頂帽子的小姐，正關心地看著她！

「小姐！妳告訴我這是怎麼回事？這是什麼地方？我怎麼了？……」她緊抓著百貨公司小姐問著。

「我是初死接待員，台灣分區接待副總監，妳叫我甲未安妮就行了！」

「什麼初死？」

甲未安妮扶著她慢慢向小腿區走著……

「在台灣區，剛剛死亡的人都會先到這裡！」

「我死了？我怎麼不知道？」

「別擔心！其實，有很多人都是在不知情或不留意的情況下死亡的，所以才需要我們啊！我會陪著妳辦完台灣分區的事情。眞的很抱歉！原來我們以爲你很堅強獨立不需要初死接待員，所以沒有在電梯旁的接待處跟你做流程說明……很抱歉！」

她楞楞的聽著，讓甲未安妮帶著她走到小腿區。

小腿區的專櫃小姐之一看到她，便拿起一本極厚的、像電話部一樣的書，笑著走來說：「請坐，我是丁丑珍妮佛，你要看小腿目錄還是直接來櫃上試穿？」

小腿目錄？試穿小腿？天啊？

還有這些奇怪的名字？什麼珍妮佛？什麼安妮？

甲未安妮對丁丑珍妮佛說：「她剛剛才進入死亡清醒階段，需要一些時間恢復，先交給我吧！」

丁丑珍妮佛同情地看著她，甲未安妮點點頭便回到陳列區跟其他專櫃小姐繼續開心地聊天了。

甲未安妮在她身邊坐下：「我跟你解釋一下整個流程，順便自我介紹，然後我們再一起挑選小腿，好不好？」

她像沒聽到似的，茫然著看著前方。

「我叫甲未安妮，甲乙丙丁的甲，子丑寅卯辰巳午未的未。由於同名的人很多，所以我們會在名字前面加上人死時的天干地支，以此來區分……。另外，妳的名字FATA200108052112，女性亞洲台北加上入死年月日時間。」

甲未安妮繼續說：「我們是一個全球服務性的死亡組織，在世界各地都有分支機構，台灣區是最近才成立的，上禮拜我們還擴大慶祝台灣區300週年紀念呢！可惜妳那時候還沒死，不能來參加，好玩的不得了！

「別難過嘛！聽我說，人的死亡原因很多，但不外乎是身體某一處發生事情，所以，我們通常都會建議死人先來時尚精品這一層，把身體零件有缺失的地方更新，再前往其他樓層處理相關死亡事宜……。地面上的大樓是我們的人事行政大樓，死人勿進。」

她忽然想起來了，她一直覺得怪的地方在哪裡！

樓層！

B1 美食廣場

B2 生鮮超市

B3 青少年特區…

B4 嬰兒與孕婦

B5 婚紗禮服攝影

B6……

B7……

……

B18 會員服務與正式報到處

全部都是地下樓層。

她轉頭問：「這是十八層地獄嗎？」

甲未安妮笑著搖頭，說：「十八層地獄？我們在形象、服務還有人權各方面已經做了很大的改變了，沒想到你們還是用以往的刻板印象來看我們！廣告都白做了！」

「美食廣場？青少年特區？又是幹嘛的？」

甲未安妮：「你要在這兒住下來總是需要日常生活用品啊！吃的喝的穿的……我們想讓死人覺得這是可以永久居留的地方，不希望讓人們那麼怕死！」

眞有這麼好嗎？

「那接下來我要做什麼呢？」

甲未安妮和藹的說：「先挑小腿吧！」

在甲未安妮的協助下，她擁有了一支女性亞洲右小腿35公分細鵝毛，米黃103號。

相當纖長性感。

丁丑珍妮佛稱讚她：「你很有品味呢！這一支是我們的熱門商品！前一陣子缺貨的很嚴重。」

甲未安妮問她：「你還希望更新任何身體零件嗎？頭區那邊有驗光部門，你如果不喜歡眼珠的顏色也可以換！」

換眼珠？謝了！人都死了！哪有心情換這兒換那兒！

她搖搖頭！

聽到奇怪的聲音……

甲未安妮立刻扶著她的頭說：「雖然外表看不出來，但是你的腦可能有內傷！啊！你是出車禍死的！一定是腦震盪！我們先去頭區換腦！」

被甲未安妮拉著，她們快速的穿過了大腿區，腹部區的生殖部，腸胃部，胸區的乳房部，心部，頸區的咽部、氣管部……

一路上幾乎都是慘不忍睹的景象，她快吐了！

終於到了頭區，腦部在額頭部的旁邊，人多得不得了！

甲未安妮低聲跟她說：「很多是腦中風的死人！來，我帶你去找「外力撞擊」那一個專櫃小姐，我跟她很熟，我請她先幫你檢查！庚癸麗莎！庚癸麗莎！」

那個叫庚癸麗莎的小姐看見甲未安妮，便很高興地走過來，甲未安妮解釋了一下狀況，庚癸麗莎點點頭，說：「FATA200108052112，歡迎你！我們先做個電腦斷層掃描，也許只需要換根動脈血管之類的小東西，不必換掉整個腦，請你跟我來！」

被正式叫做FATA20010805211之後，她突然覺得自己眞的死了！

她不再是她了，只是編碼FATA20010805211。

她躺在跟人間一模一樣的電腦斷層掃描設備中檢查。

「FATA20010805211恭喜你！你是顱內出血，狀況不嚴重！我立刻幫你換我們最新型的第三代高彈性自動伸縮動脈5號，你先別動！」

其實她沒有任何感覺，換不換有什麼關係呢？

都死了！

換好後，庚癸麗莎把她帶回給甲未安妮，「你最好帶FATA20010805211做詳細的身體健康檢查再去報到！免得有什麼我們不知道的情況，以後又一堆抱怨！」

甲未安妮回答她：「多謝你的提醒！剛剛我已經調出她的資料看過了！除了顱內出血，小腿斷裂之外，她很健康！內臟啊皮膚啊……保養得很好，不會有問題的！」

甲未安妮約了庚癸麗莎一起提出申請，轉調去紐約看看，並約好下星期一起喝咖啡。這之後，便帶著她——FATA20010805211——離開頭區。

一邊向電梯方向移動，甲未安妮拿出一疊文件翻閱著，問：「你有沒有覺得哪裡不舒服？或是感冒？這一類的？」

她搖搖頭，說：「本來以為是高跟鞋斷了！沒想到是……不！我沒有不舒服！」

「那要麻煩你在「死亡入境表」上簽名，然後填一下這份『身體健康同意書』。」

她看著死亡入境表，封面是她的編碼，裡面有死亡原因，時間，地點，出生日期，及一堆個人基本資料。她發現她是在忠孝東路她最愛的麵線攤旁被摩托車撞死的。

「簽我的那個 FATA 多少多少還是我的本名？」

甲未安妮說：「親愛的！那個你已經死了現在存在的是 FATA20010805211。」

她在死亡入境表上簽下：FATA20010805211。

她翻開身體健康同意書，上面有她今年三月做的健康報告書，還有一欄是問她最近有沒有去疫區國家？或得到傳染病？

最後有一項自我評估：請問你覺得現在身體狀況如何？太好了？非常好？很好？好？

「答案怎麼都是『好』？沒有『不好』的？」

甲未安妮很關心地問：「你覺得你哪裡不好嗎？」

她搖搖頭，勾選了「太好了」！然後簽名——不！是簽代碼！

甲未安妮笑著說：「大部分人都選『太好了』！」

她覺得甲未安妮人眞和藹，也許死亡或地獄這些事根本就不可怕吧！覺得比較安心一點了，她問：「爲什麼人都死了，還要簽身體健康同意書這種奇怪的東西啊？」

甲未安妮小心地收起簽好名的兩份文件。說：「我說過，對於人權這件事，我們有非常多的進步與改善。以前很多死人抱怨，在被執行下油鍋啊上刀山啊……那些處罰之前，並沒有確認身體狀況是否良好？或肢體是否完整？神智是否清楚？反正你知道的，就是抱怨懲處不公啊，過當啊……諸如此類的！電梯來了。」

聽得她起了一陣寒意，她問：「現在要去哪？」

甲未安妮：「正式報到處。」

進了電梯，甲未安妮拿起電梯中的對講機：「FATA20010805211 下樓」

掛上對講機，甲未安妮按下 B18 的鈕。

回頭看著她，面無表情地說：「歡迎下地獄！」■

【輪迴的歉意】

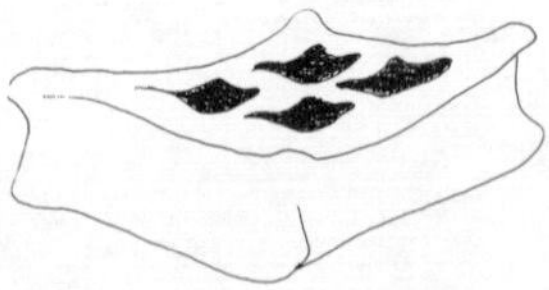

高中女生，有一種通靈的能力。

她們能在事實尚未發生之前，便預先確定與某人今生的關連度終將不夠。

於是，在通靈的那個領域裡，她們開始集體以 REV 的方式向前快轉，試圖翻閱並不被現實認可的一筆舊帳。

當然那筆舊帳也偏向是做出來的假帳。

說穿了，就是把無望的未來在過往虛構一番。

無可驗證。無法干涉。無窮樂趣。

女學生擁有的學術根據是來自西方的「前世今生」與東方的「輪迴」。

關於這些隱晦未知的學術資料蒐集通常來自電影、小說、雜誌。而這些資料將被運用在輪迴的場景、年代、地點與情節上。

輪迴的起點通常從高中女生的文學觀與歷史觀出發，這些文史論述可以在課本裏找到。基於同等學歷的共通性，大家對於所牽涉或牽扯到的事物都有大約一致的共識。

另外，在流行文化中挑選心愛的音樂或圖騰以作爲思想行爲的裝飾，是可以自圓其說的前世殘留因緣使然。這是合理的偏好。

然後，再加上以個人興趣爲指標的高度主導下，推論衍伸出或古裝片或科幻片或宗教片相互結合的愛情平等纏綿悱惻情節。

但前世輪迴的記憶論述受到當時上映電影的影響極大。

幸好造次程度不甚過分。想想七個李白六個諸葛十三個趙飛燕八個伊莉莎白女王一起上課的情景……若碰到考歷史，答錯答對就有了可議之處。

大體上而言，前世的眞相不得成爲今生的正確答案，已是共識。

但前世今生的彼此指向，卻成了高中女生的自我認知根據。

於是，有人相信自己是唐朝戍守邊疆的士兵，無官階，只有武器與使命；有人是洋鬼子，但絕對是皇后一類，因爲一意孤行與孤芳自賞極可能是宮廷氣焰的遺傳；有人是游擊隊，理由在於現世仍以反抗軍自居，想對抗傳統與性別意識；但也有缺乏原創性的懶人，以抄襲漫畫情節複製一種「假前世」，例如尼羅河女兒……

種種偏頗的推斷，目的只在推衍出彼此的相遇。

以及默認終將分離的宿命。

前世註定的當代學術性討論在高中女生圈裡得到最大發揮。

迷戀瑪丹娜的聖女貞德、唾棄西蒙波娃的花木蘭、崇拜愛蜜莉狄金遜及金庸的御前一品帶刀侍衛，一起轉頭問我。

加起來五十歲的心智轉頭問我上輩子的事。

我說，我前世是一塊豆腐。

前世是一塊豆腐。

氣瘋了的御前一品帶刀侍衛說：「我肯定是買下那塊豆腐回家一口氣吃光的人。」

我說，我覺得我並非你那個朝代的豆腐。

氣瘋了的御前一品帶刀侍衛說：「我肯定吃下了那塊豆腐，因此血液裏流的、骨肉長的、腦子裏想的……全是豆腐。」

迷戀瑪丹娜的聖女貞德說：「大家前世都是人，就你是塊豆腐!?」

氣瘋了的御前一品帶刀侍衛說：「好！你前世是塊豆腐，那告訴我你當豆腐的事。」

「當豆腐的事？」

想想我當豆腐的事……

得先從一顆黃豆轉世哪。

想成為豆腐的黃豆必須經過一番屬於黃豆型的人生磨難與發酵才得以轉世成為豆腐。

先清洗、浸泡、磨成漿、煮沸、過濾、豆漿……加壓，才得以成豆腐。

很磨人的。

但主要記憶還是長安城裡大市集邊上的一個豆腐攤。板板六十四。

雖然平民百姓達官顯要都愛吃豆腐，但來買的多半是女子，有人買一塊，有人買兩塊……然後便有幾種狀況可能會發生，涼拌、清燉、滷煮、雜燴……。全看她當天的胃口以及對其他食物的安排。

豆腐總不是主菜。

身為豆腐的我，只經歷過一種方法，因為我只是一塊豆腐，不可能分幾次煮……。

她，那買我的女子，把我放進一個深色陶盤上，灑上一點點香椿末，淋上醬油。

我是涼拌的。

涼拌，很舒緩的意境。

比下油鍋做成炸豆腐好，雖然有些豆腐偏愛大聲喧嘩轟轟烈烈。

比雜燴好，大夥緊貼在一塊，不親不熟也膩成一團。

那天，是個夏天的傍晚，有蟬鳴，有淡淡的風。躺在院子的桌上一角，我聞到紅燒茄子的味道，聞到蔥花的味道，聞到白粥的味道，聞到那女子的味道……。

然後，我看見許多筷子在空中飛舞，遮住了初升的月亮與隱約的星星。

……

……

然後，我看見你們，逼問我，上輩子的事。

貞德開始大笑，花木蘭開始大笑，她們笑出了眼淚。

御前一品帶刀侍衛看著我：「你不是豆腐。是惡魔。」

我以涼拌豆腐的清涼風格說：「這是我的前世。不關你的事。」

御前一品帶刀侍衛說：「你根本不懂輪迴的意義。」

說話的語氣讓我相信御前一品帶刀侍衛真的帶了把刀。

貞德出來打圓場：「豆腐就豆腐嘛！又不是只輪迴一世，下次我們都輪迴到同一世去看看就好啦！」

御前一品帶刀侍衛看著我說：「你知道我最討厭吃豆腐。」

我以麻婆豆腐風格回答：「那就別吃。」

花木蘭跳起來說：「夠了！都是假的！全都是假的！爲了假的事當眞！你們有病啊！你，知道她不吃豆腐偏要當豆腐！還有你！她上輩子是豆腐關你這輩子什麼事啊！」

御前一品帶刀侍衛說：「就是因爲這輩子不關我的事，才想著上輩子啊！」

一句話說得大夥兒都轉開頭去。

一時間，每個人眼光都像眞的看到前世似的，凝結在某個方向的空氣中。

沒有交集。

大家的眼神向著各自的心底收斂。又向著各自的面前釋放。

我該倒個歉吧！

倒個歉怎麼也不爲過，前生今生總有些錯。我不是說做錯，是錯過。錯過比做錯更該道歉。如果有前世今生的話。

看著她們，我輕聲說：「我的錯。」

她們轉頭視線交集在我身上，我想到百頁豆腐、家常豆腐、蕃茄燉豆腐……

我說：「都怪我前世是塊豆腐。」■

REV ▶▶

LOCUS

LOCUS

LOCUS

LOCUS

catch

catch your eyes ; catch your heart ; catch your mind……

catch 49

女・巫們・WOMAN

作者：吳心怡

責任編輯：陳郁馨　　美術編輯：謝富智

法律顧問：全理法律事務所董安丹律師

出版者：大塊文化出版股份有限公司

www.locuspublishing.com

台北市105南京東路四段25號11樓

讀者服務專線：0800-006689

TEL: (02)87123898　FAX: (02)87123897

郵撥帳號：18955675

戶名：大塊文化出版股份有限公司

總經銷：北城圖書有限公司

地址：台北縣三重市大智路139號

TEL: (02)29818089　FAX: (02)29883028　29813049

排版：天翼電腦排版印刷股份有限公司

製版：源耕印刷事業有限公司

初版一刷：2002年8月

定價：新台幣220元

女・巫們

WOMAN

吳心怡 著

序

對於時間與空間的變動
我永遠有著超出事實眞相的感受
而感受中卻摻雜著過於豐沛的無奈與過當的漠然
因此，目前必須活在空間與時間中的我，始終不得平衡，不得安寧

P.S.：本書內容安全無害，請安心享用。（正以讀者做動物測試中……）

【目錄】

【花木蘭】

喞喞復喞喞，木蘭當戶織，不聞機杼聲，惟聞女嘆息。

問女何所思，問女何所憶，女亦無所思，女亦無所憶。昨夜見軍帖，可汗大點兵，軍書十二卷，卷卷有爺名。阿爺無大兒，木蘭無長兄，願爲市鞍馬，從此替爺征。

東市買駿馬，西市買鞍韉，南市買轡頭，北市買長鞭。旦辭爺孃去，暮宿黃河邊，不聞

爺孃喚女聲，但聞黃河流水鳴濺濺。旦辭黃河去，暮至黑山頭，不聞爺孃喚女聲，但聞燕山胡騎鳴啾啾。

萬里赴戎機，關山度若飛。朔氣傳金柝，寒光照鐵衣。將軍百戰死，壯士十年歸。

歸來見天子，天子坐明堂。策勳十二轉，賞賜百千強。可汗問所欲，木蘭不用尚書郎；願借明駝千里足，送兒還故鄉。

爹孃聞女來，出郭相扶將；阿姐聞妹來，當戶理紅妝；小弟聞姐來，磨刀霍霍向豬羊。開我東閣門，坐我西閣床，脫我戰時袍，著我舊時裳，當窗理雲鬢，對鏡貼花黃。出門看夥伴，夥伴皆驚惶：同行十二年，不知木蘭是女郎。

雄兎腳撲朔，雌兎眼迷離，兩兎傍地走，安能辨我是雄雌？■

【貞德】

西元一四九二年
英法百年戰爭
如火如荼
偏遠村落的少女

貞德

宣稱上天指示她

率法軍退英軍

助查理登基

查理登基後背棄貞德

貞德被英軍俘虜

英軍宣稱貞德爲女巫

燒死女巫

上天

背棄

貞德

燒死

在世十九年■

【御前帶刀侍衛】

御前帶刀侍衛。

皇帝貼身保鑣。

最有名的御前帶刀侍衛是包龍圖身邊的南俠展昭。■

【豆腐】

「本草綱目」：豆腐之法，始於漢淮南王劉安。

豆腐：富含天然賀爾蒙，常食可延緩老化；女性可延緩更年期。

含鈣，防治骨質疏鬆症。

富含蛋白質，無惡質膽固醇。

含亞麻油酸、次亞麻油酸、維生素E……等，可強化免疫系統。

含卵磷脂，預防老年癡呆症。

食用方式不勝枚舉。■

【歉意的輪迴】

高中女生，有一種通靈的能力。
她們能在事實尚未發生之前，便預先確定與某人今生的關連度終將不夠。
於是，在通靈的那個領域裡，她們開始集體以 REV 的方式向前快轉，試圖翻閱並不被現實認可的一筆舊帳。

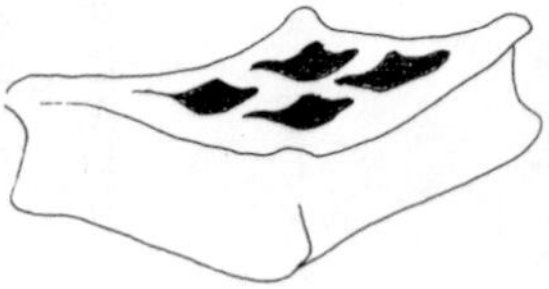

當然那筆舊帳也偏向是做出來的假帳。

說穿了，就是把無望的未來在過往虛構一番。

無可驗證。無法干涉。無窮樂趣。

女學生擁有的學術根據是來自西方的「前世今生」與東方的「輪迴」。

關於這些隱晦未知的學術資料蒐集通常來自電影、小說、雜誌。而這些資料將被運用在輪迴的場景、年代、地點與情節上。

輪迴的起點通常從高中女生的文學觀與歷史觀出發，這些文史論述可以在課本裏找到。基於同等學歷的共通性，大家對於所牽涉或牽扯到的事物都有大約一致的共識。

另外，在流行文化中挑選心愛的音樂或圖騰以作爲思想行爲的裝飾，是可以自圓其說的前世殘留因緣使然。這是合理的偏好。

然後，再加上以個人興趣爲指標的高度主導下，推論衍伸出或古裝片或科幻片或宗教片相互結合的愛情平等纏綿悱惻情節。

但前世輪迴的記憶論述受到當時上映電影的影響極大。

幸好造次程度不甚過分。想想七個李白六個諸葛十三個趙飛燕八個伊莉莎白女王一起上課的情景……若碰到考歷史，答錯答對就有了可議之處。

大體上而言，前世的眞相不得成爲今生的正確答案，已是共識。

但前世今生的彼此指向，卻成了高中女生的自我認知根據。

於是，有人相信自己是唐朝戍守邊疆的士兵，無官階，只有武器與使命；有人是洋鬼子，但絕對是皇后一類，因爲一意孤行與孤芳自賞極可能是宮廷氣焰的遺傳；有人是游擊隊，理由在於現世仍以反抗軍自居，想對抗傳統與性別意識；但也有缺乏原創性的懶人，以抄襲漫畫情節複製一種「假前世」，例如尼羅河女兒……

種種偏頗的推斷，目的只在推衍出彼此的相遇。

以及默認終將分離的宿命。

前世註定的當代學術性討論，在高中女生圈裡得到最大發揮。

迷戀瑪丹娜的聖女貞德、唾棄西蒙波娃的花木蘭、崇拜愛蜜莉狄金遜及金庸的御前一品帶刀侍衛，一起轉頭問我。

加起來近五十歲的心智轉頭問我上輩子的事。

我說，我前世是一塊豆腐。

前世是一塊豆腐。

氣瘋了的御前一品帶刀侍衛說：「我肯定是買下那塊豆腐回家一口氣吃光的人。」

我說，我覺得我並非你那個朝代的豆腐。

氣瘋了的御前一品帶刀侍衛說：「我肯定吃下了那塊豆腐，因此血液裏流的、骨肉長的、腦子裏想的……全是豆腐。」

迷戀瑪丹娜的聖女貞德說：「大家前世都是人，就你是塊豆腐?!」

氣瘋了的御前一品帶刀侍衛說：「好！你前世是塊豆腐，那告訴我你當豆腐的事。」

「當豆腐的事」？

想想我當豆腐的事……

得先從一顆黃豆轉世哪。

想成爲豆腐的黃豆必須經過一番屬於黃豆型的人生磨難與發酵才得以轉世成爲豆腐。

先清洗、浸泡、磨成漿、煮沸、過濾、豆漿……加壓，才得以成豆腐。

很磨人的。

但主要記憶還是長安城裡大市集邊上的一個豆腐攤。板板六十四。

雖然平民百姓達官顯要都愛吃豆腐，但來買的多半是女子，有人買一塊，有人買兩塊……

然後便有幾種狀況可能會發生，涼拌、淸燉、滷煮、雜燴……。全看她當天的胃口以及對其他食物的安排。

豆腐總不是主菜。

身爲豆腐的我，只經歷過一種方法，因爲我只是一塊豆腐，不可能分幾次煮……

她，那買我的女子，把我放進一個深色陶盤上，灑上一點點香椿末，淋上醬油。

我是涼拌的。

涼拌，很舒緩的意境。

比下油鍋做成炸豆腐好，雖然有些豆腐偏愛大聲喧嘩轟轟烈烈。

比雜燴好，大夥緊貼在一塊，不親不熟也膩成一團。

那天，是個夏天的傍晚，有蟬鳴，有淡淡的風。躺在院子的桌上一角，我聞到紅燒茄子的味道，聞到蔥花的味道，聞到白粥的味道，聞到那女子的味道。

然後，我看見許多筷子在空中飛舞，遮住了初升的月亮與隱約的星星。

……

……

然後，我看見你們，逼問我，上輩子的事。

貞德開始大笑，花木蘭開始大笑，她們笑出了眼淚。

御前一品帶刀侍衛看著我：「你不是豆腐。是惡魔。」

我以涼拌豆腐的清涼風格說：「這是我的前世。不關你的事。」

御前一品帶刀侍衛說：「你根本不懂輪迴的意義。」

她說話的語氣，讓我相信御前一品帶刀侍衛眞的帶了把刀。

貞德出來打圓場：「豆腐就豆腐嘛！又不是只輪迴一世，下次我們都輪迴到同一世去看看就好啦！」

御前一品帶刀侍衛看著我說：「你知道我最討厭吃豆腐。」

我以麻婆豆腐風格回答：「那就別吃。」

花木蘭跳起來說：「夠了！都是假的！全都是假的！爲了假的事當眞！你們有病啊！你，知道她不吃豆腐偏要當豆腐！還有你！她上輩子是豆腐關你這輩子什麼事啊！」

御前一品帶刀侍衛說：「就是因爲這輩子不關我的事，才想著上輩子啊！」

一句話說得大夥兒都轉開頭去。

一時間，每個人眼光都像眞的看到前世似的，凝結在某個方向的空氣中。沒有交集。

大家的眼神向著各自的心底收斂。又向著各自的面前釋放。

我該倒個歉吧！

倒個歉怎麼也不爲過，前生今生總有些錯。我不是說做錯，是錯過。錯過比做錯更該道歉。如果有前世今生的話。

看著她們，我輕聲說：「我的錯。」

她們轉頭視線交集在我身上，我想到百頁豆腐、家常豆腐、蕃茄燉豆腐……

我說：「都怪我前世是塊豆腐。」■

【天賦人權】

「我的天！」

這是半年來貞德最愛說的發語詞。

發語詞。有意義。

貞德的語法如下：

我的天這樣這樣……我的天那樣那樣……

我的天說……

我的天昨天……

我的天跟我……

喔！我的天！

但對於「我的天」，在貞德面前或背後，我們只能稱呼爲「妳的天」或「她的天」。貞德跟「她的天」在一起時，則稱其爲「天」。

她的感情指向她的「天」，她說他是她的天。沒有天就沒有她這個人。

我曾笑她：天賦人權就是這麼來的。

那年我們高二，唸到十七世紀洛克的主張：「天賦人權」。只是洛克的目的在於思考人民與政府的關係，我們將它用到感情面向上。

但讓我們輸出感情與忠誠的對象，的確像是十七、八歲女生的政府。

我跟貞德在某個面向上有共同的宿命：衝鋒陷陣，奮勇殺情敵。

所以我完全能體會貞德對於效忠天、降服天、也臣服於天的沾沾自喜。

沒有天的時候，人生只在尋覓一個全心全意的指向，有了天才有了落地的腳踏實地感。

豆腐喜歡開玩笑：「最近天氣好不好啊？」

天的脾氣好不好？天氣好不好？

貞德說：「聽天由命囉！」

大夥一陣笑鬧，但「聽天由命」這句話卻震撼了我。

貞德是聽天由命的，我呢？

我心底深層的渴望也是。

但沒人會信，在她們眼中，我花木蘭比較像是逆天而行的。

我羨慕貞德。

那年的貞德，快樂極了。

貞德跟天一起上圖書館唸書，一起逛街看電影，一起複習每一科的考試，……貞德活在

天之下。

天，偶而有烏雲飄過，遮住了貞德的光，貞德便在黑暗中努力等著天再度清朗，再度讓她的生活恢復能見度。

每個情緒行爲都照著天意自然而然發生：天陰她低頭落淚，天晴她便仰望著天。

順天而行，逆天而亡。

我們笑貞德，情場新手打敗衆老將，但下場並不比其他手下敗將好。

貞德只笑，一直笑。

我們也笑。眞心地。

貞德說：天很棒。天很神。天很有男子氣概。天很有才華。天很大。

貞德信天。

我也信天。

天知道。■

【天知道】

天知道。

我知道。

我懷疑只有我和天知道。有時候又覺得大家都知道。

天喜歡豆腐。

冷冷的豆腐。單純的豆腐。變化莫測的豆腐。酸甜苦辣忽冷忽熱的豆腐。

誰不喜歡豆腐？

豆腐是大家的，誰也不能獨占。

天想豆腐。天有貞德。天知道誰也不能獨占豆腐。

我看過天看豆腐的眼神。我能一絲不苟地解釋出那種眼神，就像我能一絲不苟地對照我自己看豆腐的眼神。

「內斂的凝視。」我會把那眼神濃縮成這樣的陳述。

看豆腐時也同時看見自己的愛欲掙扎。

看著豆腐，心跳間會多出半個節拍。那半個節拍會震撼成排山倒海的密集心悸，直到那多出的半個節拍變成主拍，並且把正常拍一起納入變成全然是半個節拍。

很舒服很狂野的心跳方式。

愛看豆腐的都貪婪那種心跳的舒服。

天也貪。

天第一次加入我們是貞德帶來的。

天來之前，我們已經見識過貞德的快樂與無數好話。只等天現身。

那天他穿著男校的制服，背著綠色書包，乾淨而陽剛。

我們歡迎天，天也高興地成爲我們之間。

就是那天，我清楚地看到我自己。

天看到豆腐，點點頭，打招呼，然後，天就看著豆腐。看著貞德時也看著豆腐看著花木蘭時也看著豆腐看著我時也看著豆腐。

天知道。

我知道。……

豆腐漂亮不漂亮？我問自己，爲什麼大家都貪看她。

我形容不出她的長相，你知道的，豆腐就是豆腐。如果你會恰如其分地形容一塊豆腐的長相，告訴我。

天是很棒的人，我和天氣味相投成了好朋友。很有默契地護衛著豆腐不讓別人越雷池一步，也不讓對方越雷池一步。

豆腐呢？她懶得搭理任何事。她什麼也不放在心上，都靠我們幫她把事情放在心上。放在我們心上。

豆腐有她自己的世界，那個世界在她心裏，很強大，攻不進去。而且越來越強大，使得她日常也能活在那裡面。她活在心裡面，而心強大到佔領了現實世界，越佔越大。

她經常不在，雖然她跟我們在一起，但我們都知道她不在。我們常笑她：「豆腐回來喲！豆腐回來喲！」

豆腐總是被嚇一跳：「什麼？」

我說：「回來一下下！一分鐘就好。」

沒人知道她去了哪裡？她總是自己去。不叫她回來，她可以一直待在那兒。大夥問她在想什麼？她說好多可以想的。說著一笑。我們心跳。

相信嗎？我曾怕心跳吵她。

天想打開她的腦子看看。貞德說豆腐打開了還是豆腐。

花木蘭說：「這是豆腐腦的由來。」

豆腐腦就是豆花，那陣子大家愛吃薑汁豆腐腦，一個退伍老兵推車賣的，一放學大家就去吃。

花木蘭的玩笑讓大家那天卯起來吃薑汁豆腐腦。

吃完薑汁豆腐腦後，照舊跟豆腐一起走。我騎車上下學，每天大夥散了後便推著車陪豆腐走去搭公車，那是我最快樂的時候，每天上學幾乎都是爲了放學後的這段路。

我話多，她偶而興致來了才話多。她的話好聽，聲音好聽，講的內容也好聽。甜言蜜語、冷言冷語、刺人毒人救人鼓勵人……沒人比得上。只要她想說。

我想跟她談心，談我的心跳。

她的眼神總叫我別說因爲她知道，一點一滴全知道，一轉眼，她的眼神又讓我覺得她什麼也不知道。

她總是淸淸白白一塊豆腐。

而我總是豆腐的御前一品帶刀侍衛。■

【女・巫們・WOMAN】

愛情是我們的法術。愛情也是我們施法的目的。

愛情與我們互爲因果。遇強則強，遇弱則弱。

——摘自《女巫之書》

我有天。

御前一品帶刀侍衛心裏有豆腐。

豆腐什麼也不想有，什麼都有。

花木蘭有許多戰場。

花木蘭有許多戰場，她總是打勝仗呢！但戰俘總是被她關上一陣子後就釋放了。然後花木蘭就再去打仗。然後打勝仗啊。然後關俘虜啊。然後釋放啊。然後上戰場啊……

並非她每次帶來的戰俘都不一樣。有些戰俘會被她一逮再逮，一放再放。

花木蘭跟我在某個面向上有共同的宿命：衝鋒陷陣，奮勇殺情敵。

但本質上花木蘭跟我不一樣：我只爲「天」上戰場廝殺。花木蘭是出於心甘情願、出於自動自發的本性。

花木蘭每戰皆捷。搞得大家兵荒馬亂，搞得戰場上遍地是受傷的心或淌血死去的心。

她會收拾殘局嗎？她會爲這些遍地傷心，遍地死心而難過嗎？我只看到她英勇向前從不

回頭，我只看到她天天找尋新戰場，天天嘻笑怒罵，天天戰得淋漓盡致。她不累不倦不歇不息，是個不太在乎戰利品只喜歡攻城掠地的大將軍啊。

殺人不眨眼。對敵人和情人都是呢！

但她就是有辦法迷惑住所有的人哪。她就是能讓人忘了她惡名昭彰，忘了她絕情多情，因而再次敗給她。

豆腐說：「當年貞德戰功彪炳，卻被認爲是女巫，花木蘭怎麼沒事兒？」

花木蘭得意的說：「因爲女扮男裝啊！戰功彪炳乃衆望所歸。」

御前一品帶刀侍衛笑她：「女人的巫術，用在變成男人上。」

我說：「還不是爲了愛情。」

御前一品帶刀侍衛說：「根據歷史，貞德被懷疑是女巫而遭燒死，我覺得是因爲她的巫術用錯地方。若她用點在查理身上就不同啦。」

我說：「貞德只愛天，不愛任何人。天讓她去幫查理登基，又不是愛查理。」

花木蘭逮到機會：「如果天要貞德去愛查理呢？」

我大笑：「天不會要貞德去愛查理的，因爲天他自己愛貞德啊！」

花木蘭若有所思地說：「可是……最終，天背棄了貞德啊！也許天的目的在查理而不在貞德。」

我冷了一下。

誰是查理啊？

天變了嗎？我覺得好冷。

豆腐忽然看著我：「宰了查理。一手遮天。貞德登基。」

大夥嚇了一跳，花木蘭大笑叫好：「豆腐竄改歷史！豆腐幹得好！」

我也忍不住笑了：「唉！貞德連豆腐都比不上，難怪天要背棄貞德。」

御前一品帶刀侍衛也樂不可支地說：「早說豆腐是女巫變的。」

大家笑鬧成一團，說豆腐本性無法無天，像一手遮天這種事肯定幹得出來。

接著，大家鬧著說要燒女巫。於是舉手表決先燒誰……全場以四票通過先燒豆腐。大家笑瘋了：連豆腐自己都贊成先燒豆腐。

豆腐一副無辜狀：「只有豆腐可以吃當然先燒豆腐。我餓了。」

大夥笑鬧簇擁著豆腐去吃東西。一行四人白衣黑裙白襪黑鞋的女巫們飄然穿過校園……。

女巫們最後落坐在後門的小店裏，我吃無限續湯的甜不辣，花木蘭和御前一品帶刀侍衛吃麵，豆腐看了半天叫了碗刨冰。

我看豆腐只點了碗刨冰，忍不住笑她：「女巫被火燒得太燙啦？吃刨冰降溫啊？」

御前一品帶刀侍衛看我著的無限續湯說：「你不也是拼命加水熄火嗎？」

花木蘭又跑去點了滷味回來：「吃飽了練巫術去。」

是啊！明天還要考中外歷史和國文呢！■

#【天外有天】

御前一品帶刀侍衛可能知道。

貞德不知道。

花木蘭可能不知道。

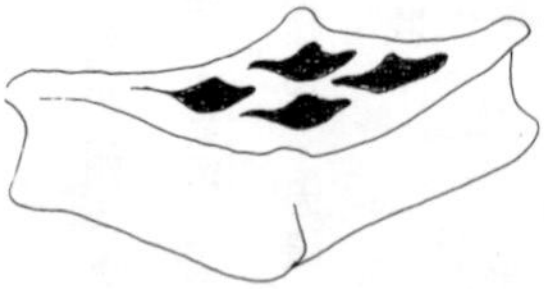

天在看我。

天天天看我。

我不看天。我懶。

於是，天塌下來了。

塌在我們放學後讀書的基地，市立圖書館，一樓、二樓以及一樓二樓之間，天在看我。

天在絕人之路：我若坐南朝北，天便坐北朝南。

我讀〈陌上桑〉，天便讀〈長歌行〉。我讀《明清史講義》，天便讀《書劍江山》。我讀尼采，天讀聖經。我讀卡夫卡，天讀昆蟲分類。我讀《追憶似水年華》，天讀《時間簡史》。我讀倪匡，天讀機器貓小叮噹。我讀《有毒植物》，天讀《中毒急救》。

天寫字條夾在《射雕英雄傳》裏遞給我：

曼陀羅

全株有毒

適量可當止痛藥

我心痛

你建議我使用多少量？

夾字條的那頁正在介紹「東邪、西毒、南帝、北丐、中神通」，字字句句吸引了我，便順勢看下去……

一看便迷上了。扔下字條，抱回射雕四本回教室去。

看我抱回《射雕英雄傳》，御前一品帶刀侍衛直說好看：「我喜歡黃蓉。」

花木蘭說：「我喜歡降龍十八掌。」

貞德：「我也沒看過，看完借我。」

認識了郭靖。黃蓉。楊康。洪七公。黃藥師。周伯通……有意思，謝謝天。

天來找貞德。我不抬頭。天跟大家笑鬧。我不抬頭。

天繼續進圖書館跟我相對而坐。

字條又來了，夾在一本圖書館裏從未見過的書裏。那本書是：愛的羅曼史第十七集。淺粉紅色封面，粗糙的繪圖。

「這什麼？」我忍不住罵了一句。

「你終於開口了！」天得意地坐在我對面笑。

我抬頭看天，天看我。

兩人都沒說話。

天抽出夾在書裏的字條遞到我面前：

狠心的豆腐
見死不救
我爲你死了好幾次
我準備爲你下地獄
你要不要我？

我頭暈。

我盯著字條看，看到都會背了。

天旋地轉。

我很暈。很暈。我很冷。很冷。

我很睏。

天旋地轉。

我想消失。

靜靜地，天坐到我旁邊。

天說話：「豆腐對不起。對不起。對不起。對不起。對不起。對不起……」

我很冷。

天的對不起一句一句在我四周圍繞。對不起多到暖和了週遭的空氣。

天在看我，緊張的看我，我知道，不用看我也知道。

天繼續說：「豆腐對不起……你好點了嗎？」

天的聲音有點不穩定。我點點頭。眼睛盯著字條不放。

字條上「你要不要我」這幾個字特別怵目驚心。比死比下地獄還可怕。

天輕聲說：「對不起。我太……我太……」

我搖搖頭。

「豆腐，我只要你知道，那個問題會一直保留，保留到你想回答。」

我打了一個冷顫。

「我陪你回教室。」天說著幫我拿起桌上的書。

「我沒事，我自己回去。」拿起書，我慢慢走出圖書館。

中午一點的陽光刺眼得很，眼睛無法適應強烈的光線，我遮著直射的日光，忽然覺得剛才像一場夢，一場長度適合午覺的夢。我停下腳步，背對著圖書館。到底發生了什麼？有「發生」嗎？

我慢慢轉頭，看見天，天站在圖書館門邊，看我。

我轉身上樓。

天仰頭看我。■

【兩兎傍地走】

「雌雄公母」不由生殖器官決定。
由當事人之自由意志決定。

——摘自《女巫之書》

我沒有哥哥，沒有姊姊。
我有一個弟弟一個妹妹。
我是長女。
是
長
子

我像天。一眼看上去很像。
我希望有天，讓我仰望，讓我依靠。
和天處得極好。極好。
但天與我的交往，明顯地截然不同於天和貞德。
我和天是面對面坐的朋友。
貞德和天是坐在一起的朋友。
你懂嗎？這差別很大。

舉個例子來說：去小攤子吃飯時，如果我先坐下，天一定坐我對面。我們是平行的。無交集的。如果貞德先坐下，天會去坐在貞德的旁邊。天跟貞德是一體的。

天把我的相對位置設定在對立、平等上。

我一直認爲理當如此。

就言行個性外貌而言，天和我在性別分類學裏是同一類的。

天把我當另一個天「類」。

兩個天走在一起時，就是兩個天。

問題在於我把天當天。

我看見天跟貞德的相處，才發現，我爲什麼老是上戰場殺情敵老是釋放戰俘老是在挑起戰端。

我喜歡貞德，但從不指向貞德，我不可以喜歡天，但我指向天。

我是花木蘭，駿馬鞍韉轡頭長鞭不是我的東西。

想坐在天旁邊的慾望就像不可能跟貞德坐同一邊一樣的肯定。

天！不知木蘭是女郎。

那天，大家去吃薑汁豆腐腦，我等天先坐定，我慢慢在天邊坐下。貞德叫我起來，我偏不。貞德跟天撒賴，叫天過去跟她坐，我說天要跟我坐。天起身要換位置，我伸手拉天，天楞了一下，我不知哪來的勇氣，把天給硬攔下來。

貞德說：「你們坐在一起好怪。」

我說：「你得習慣。我要搶天！天是我的啦！」

貞德大笑：「送你給天就像送天給你一樣……太…太……。」

御前帶刀侍衛端來薑汁豆腐腦說：「太多了。兩個人分吧！」

「吃薑汁豆腐腦就要跟豆腐坐，我今天跟豆腐坐。」天起身坐到豆腐旁邊。

天！木蘭是女郎。

那天，天一直鬧豆腐。

天不理我。

天知道。

撲朔，迷離，傍地走，我，是雄雌。■

【貞德之愛情定律】

「約翰福音15章16節：不是你們選擇了我，是我選擇了你們……」■

【花木蘭之愛情定律】

「雄兔腳撲朔，雌兔眼迷離，兩兔傍地走，安能辨我是雄雌？」■

【御前帶刀侍衛之愛情定律】

「寧可錯殺一百，決不放過一個。」■

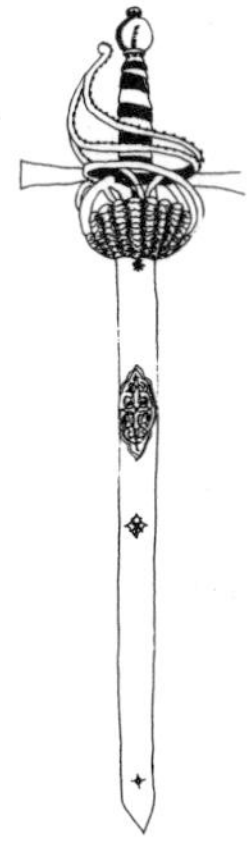

【豆腐之愛情定律】

「過去心不可得，現在心不可得，未來心不可得。」■

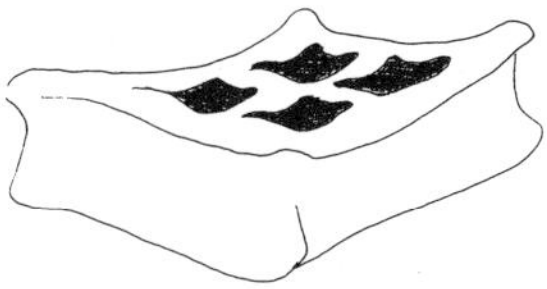

【《女巫之書》讀後感】

學號：16051　　姓名：貞德

這是一本可以改變歷史的書。如果英法百年戰爭時，聖女貞德看了這本書的話。

但我們都知道這是不可能的囉，不是因爲這本書現在才出現，而是因爲，聖女貞德大約

是個只讀聖經的人，她絕對不會讀這本《女巫之書》的。

我可以大膽推測，雖然聖女貞德對於軍事戰場方面的事情「知道」的一清二楚，甚至可說是有見微知著的天份。但她絕對「不知道」什麼叫做女巫。

她被判定爲女巫，但她並不知道什麼是女巫。

如果她願意多了解一下關於女巫的傳說或報導或誤解之類的啊……任何一丁點的了解，她便能倖免於難。甚至漂亮的扭轉局勢。

比方說啊，她可以假裝對法庭施巫術啊，她可以假裝對背棄她的查理施咒語啊，她可以運用人們愚蠢的假想來反擊或反制啊。

但她没有這麼做。

爲什麼呢？

因爲聖女貞德只讀聖經啊，只信聖經，不讀小說、不吸收流行文化、不接觸鄉野傳說。

更重要的是：因爲聖女貞德不是女巫。

雖然根據《女巫之書》這本書的立論主張及心理測驗部分來看，聖女貞德是個極具有女

巫潛力的「類女巫」。但她終究到死都不是女巫。這一點是不可改變的歷史事實。

人們害怕女巫。所有關於女巫的種種都是人們自己想出來的，從古至今，並沒有任何人曾經光明正大地當面問一個女巫有關巫術的事。

人們害怕的是人們自己的想法、自己的想像啊。

人們創造了一個令他們自己害怕的「東西」。

還好女巫並非人們想像出來的。女巫一直存在於這個世上。

我認爲啊！每個女人都該看這本書。這是快樂的魔法書。

每個男人也該看這本書。也許，其實，你是男的人，卻是女的巫。

■

學號：16053　姓名：花木蘭

很「潑娃」。很難看。

「第二性」，是女性主義的一個歷史地標。

《女巫之書》，是一棟違建。

這本書雖然在談女人，但一點也不女性主義，雖然不女性主義，卻極度唯女獨尊。

這本書爲女性在性別生態圈外找到一個旁支。

有趣的是，女巫們彼此並不構成勢力強弱地位高低的食物鏈，大家都在生物圈之外、之上方、之頂尖。

但我最想談這本書中提到的女巫符號風格、女巫的生食與熟食、愛巫及巫這三個主題。

「女巫的符號風格」是很當代也很前衛的華麗論述。關於「布料、首飾、鞋款的暗示與象徵」那一篇的示意圖，讓我了解女巫美學與生活實踐之間的難處。

「女巫的生食與熟食」提到的看法，與我個人飲食習慣相違背，我不能接受。

至於「愛巫及巫」，更糟糕。

爲什麼主張開放式情愛？我不認爲多對多的愛情關係會讓每一個在其中的人得到加倍的情愛，我不認爲多對多的愛情關係會讓人「比較不」斤斤計較於情緒、言詞、平等、相處時間……。我不認爲多對多的愛情關係會讓人更珍惜相處的時間、更看見對方的優點。我不認爲多對多的愛情關係是眞愛。我不認爲多對多的愛情關係可以讓我們更快學習如何眞正去愛，以及什麼叫愛，以及不會把癡纏忌恨當成愛。

難道只有多對多的愛情，可以讓自己的不同面向都有機會找到眞愛？
難道沒有「一個人」是個個面向都跟你契合，而你也是個個面向都契合他的嗎？
一個人是可以被切割開來看的嗎？

■ 作者認爲可以。我認爲不可以。

學號：16055　姓名：御前一品帶刀侍衛

第一：我媽絶對不會讓我看這本書。

第二：我想用《射雕英雄傳》、《神雕俠侶》來談《女巫之書》。

巫。讓我直接聯想到「黃藥師的邪」與「歐陽鋒的毒」。

在看了單數章之後我想到「小龍女」。

在看了雙數章之後，我想到跟楊過在一起之後的小龍女。

發現自己的聯想時，反而想要探討這個聯想。

我察覺自己並非用對照或刪去法來比對人物，相反地這些人物是直接跳進我的腦子裏，直覺的。

這反映了我自己對作者所説的「巫」的理解。也或許是曲解。

於是我決定先檢視一遍這兩本書中的人物：

一，黃蓉一點也不巫。穆念慈一點也不巫。華箏公主一點也不巫。

二，周伯通算巫。黃藥師有點巫。

三，郭芙不巫。李秋水不巫。

四，小龍女很巫很巫。但跟楊過在一起的小龍女便不那麼巫了。但本質仍是巫。

我把《女巫之書》書中的論述，推論到其他人物身上。雖然他們都不是眞實人。

第三：至於我的讀後感……這本書很好看。

■

學號：16059　姓名：豆腐

關於讀後感這件事，得分兩個層面來看。

一是關於《女巫之書》的內容，一是關於《女巫之書》的作者。

A.《女巫之書》的作者

我想先從作者談起。

作者：吳心怡。

分身：廣告創意人，劇作家，小說家，考古學家，服裝設計師，插畫家……

本質：不喜歡與外界接觸，不喜歡與人交往，脾氣古怪，陰晴不定，獨來獨往，隨性所至。

我對她很有興趣。因爲她是個女巫。

證明如下：她有許多夢想，她每完成一個夢想，就離開那個夢想，向下一個迥然不同的夢想前進。乍看之下，她將既有的成績拱手讓出，但其實她所完成的夢想並未因此而消失，相反的，夢想不斷累積，在她體內。

她的夢想就是她的法術。

她修練完一種法術，就選擇另一個不同的法術修練，修練越多種，她的法力便越來越強大。

她是個會施不同面向法術的女巫。

法力強大。法術豐富。

夢想就是法術。

她是個女巫。

我喜歡她的人生（或女巫）方式。

B.《女巫之書》的內容

我不想談「內容」，我比較想談這本書的結構。

爲什麼？

首先，我們必須先知道如何讀這本書。

如果你光讀單數章節，與最後一章。你肯定會成爲女巫。

如果你只讀雙數章節，與最後一章。你會考慮成爲女巫。但偏向否定。

如果你順著正常順序讀，你根本沒辦法成爲女巫。你太正常。永遠不會發現脫離常軌、打破規矩的未知世界。

接下來，我們來看看作者在雙數章節中施了什麼巫術：

雙數章節中的任何描述與事物都是雙數。

因此互爲迴響。

寂寞有了迴響便成爲兩個寂寞。兩個結伴而行的寂寞，是歸類到不寂寞？或更多一倍的

寂寞？

（這是有關女巫特立獨行的心理測驗）

兩個寂寞，是能互相掩飾？還是彼此的多餘？

（這是關於女巫對於「寂寞」的眞相認清能力）

廢話說兩遍。

廢話說兩遍。

讀到此處，大部分的讀者都會看出成雙的牽制與矛盾。

但是，當雙數章節開始攻擊單數章節時：第二章攻擊第一章，第四章攻擊第三章，……

就會產生雙數章人多勢衆的錯覺。

你或許會說：當第三章攻擊第二章時，是單數章節佔優勢啊！

錯！

在本書中，單數章從不與雙數章發生互動關係。

單數章只專注在自己的論述上並不管其他章節對它的看法。

■

我覺得，閱讀本書，必須看清：形式就是內容的一部份。

從這個角度看《女巫之書》，才有機會看見全部內容。

【談天】

今天的歷史課考世界文化史，十八世紀歐洲的思想。唉！我考得算……很不好吧！

「都要怪天啦！」我看著考卷的分數，一邊吃便當一邊跟花木蘭抱怨。我想都是因爲最近跟天約會太頻繁了啦！

花木蘭說：「是喔！怨天尤人！考不好，不是天的錯，就是我們的錯，都跟妳無關。」

我繼續低頭吃著便當，哀怨地看著我的考卷，天啊！這種分數。花木蘭趁我不設防地把考卷晾在便當前時，突然一伸手把考卷搶去看……眞丟臉啊！我的申論題都在竄改歷史！

「貞德，你的世界文化史讀到哪裡去了？」

什麼叫讀到哪裡去了啊？我根本沒讀啊！

花木蘭突然大笑：「啓蒙運動很重要！妳完全空白啊？」

我瞪了她一眼。

花木蘭把她自己的考卷拿給我看：啓蒙，可以用德國大哲學家康德的一句名言來定義——所謂啓蒙，即爲使人類脫離幼稚階段，而由迷信與偏見中解放出來……

花木蘭忽然坐到我對面，說：「貞德，老實說，我覺得，你在愛情上需要被啓蒙。」

又要跟我談天！我就知道！花木蘭又要跟我談天！

我歷史考那麼差，哪有心情談天啊！

不是我不想談天，我當然喜歡談天，不論是跟花木蘭談天、御前一品帶刀侍衛談天，還是跟豆腐談天。

但是，花木蘭也太愛談天了吧！

「你跟天今天要去哪裡讀書？」「你跟天這禮拜去看什麼電影？」「天要不要跟我們一起去吃夜市？」「天今天會去市立圖書館嗎？」「天聽不聽你的話？」……

天哪！天這樣……天那樣……我連想忘記天一下下都不可能啊！

「花木蘭！拜託你不要再開我的玩笑啦！我的十八世紀歷史怎麼辦哪？」

「要救你的十八世紀歷史得從啓蒙運動開始。要了解啓蒙運動用愛情舉例最容易懂。」

我的愛情需要被啓蒙？我已經被啓蒙啦！

花木蘭正經八百地問我：「你覺得天爲什麼喜歡你？不要擺那種臉啦！回答我，很重要！」

天爲什麼喜歡我？

我問過自己，也問過天。

看著花木蘭認眞的表情，雖然我實在想不出來這個問題跟十八世紀的啓蒙運動有什麼關係，我還是認眞的想了一下。因爲，不管怎麼說，天，是我最喜歡談的話題啊！

「我覺得……天喜歡我是因爲……我們很合得來啊！而且，我覺得我對他一見鍾情啊！

他很聰明！很幽默！蠻帥的！他……」

「夠了夠了夠了！貞德～我是問天爲什麼喜歡你？不是你爲什麼喜歡他？」

「那你去問他啊！」

「那你自己覺得呢？說嘛！個性啊講話啊…隨便說」花木蘭一臉熱切地問

「……我就是覺得我跟他很合嘛！個性很配啊！對很多事情的看法都一樣啊！還有我們在一起很自然啊……大概就這樣啦！」

「你沒問過天嗎？當時可是一大票女生都喜歡他呢！」

「問過啊！……他說……我很特別。」

花木蘭好像楞了一下。

我反而有點不好意思。

「喂！花木蘭！你不是要說啓蒙運動嗎？」

花木蘭突然變得怪怪的。

「啓蒙運動就是康德說的那樣啊！不要幼稚啊！不要迷信啊！」

「你亂講!!……搞了半天你在耍我啊！」我眞想捶她，不過一談天，我的心情自然而然

就好多了，考不好也沒那麼重要了……嗯～還是很重要啦！

「對了！貞德，你只讀了洛克的『天賦人權』，他還主張『主權在民』，你別忘了一起讀。」

花木蘭說著「主權在民」時，我看到豆腐跟帶刀侍衛走進教室，立刻揮手叫她們：「你們救救我啊！」

帶刀侍衛快步跑到我的座位旁：「怎麼啦？」

我揮揮我的考卷。帶刀侍衛喔了一聲，接過我的考卷，看著說：「就是沒讀書嘛！」

這時豆腐也慢慢的走過來，豆腐瞄了一眼我的考卷，說：「貞德活在十五世紀，十八世紀的歷史考不好是應該的，有什麼好大驚小怪的？」

我們三個一起轉頭看豆腐。

豆腐聳聳肩：「你們繼續談天，當我不在。」■

【磨刀】

我常想，如果我真的帶了一把刀，會是什麼刀。

當然，所謂的「刀」只是概念或概括性稱呼。

我想過，倚天劍、屠龍刀、干將劍、莫邪劍、魚腸劍、青冥劍……以及美工刀。但我最想要的是：尚方寶劍。

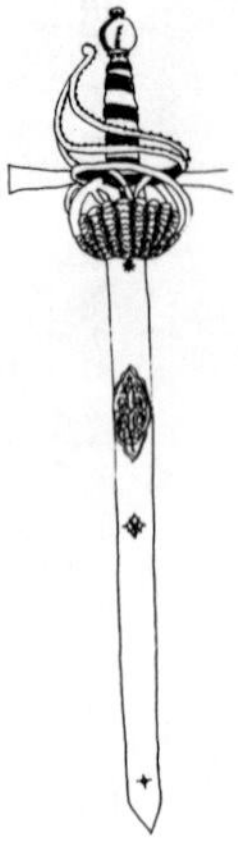

因爲，可以「先斬後奏」。

但我並不想殺人無數，我只是想盡責的執行任務，只想保護我的豆腐。

豆腐。沒錯。總是豆腐。

雖然我不確定她眞的需要保護。

豆腐總是當選我們班的風紀股長，很奇怪。雖然我也總是當班長。但找一塊豆腐來當風紀股長，不是挺匪夷所思的嗎？

我曾想過豆腐總是當選風紀股長的原因是因爲她什麼都不管，因此大家都放任而自由。後來，我發現我跟大家一樣，或者說大家跟我一樣——豆腐一站出來，大家都想往旁邊讓；豆腐一開口，大家都想聽聽她說什麼？豆腐一笑，大家也跟著鬧；豆腐不耐煩的神情一上臉，大家都自動安份點。

所以我並不特別嗎？我跟大家都一樣嗎？

我爲這種我跟大家一樣不特別的想法折磨著，我想，只要一天得不到豆腐，就不能證明自己眞的特別。

豆腐天天帶著家裏爲她準備好的便當當午餐，我則是天天去福利社買便當。我們幾乎天天一起吃午飯。

我喜歡看她的便當裏裝了什麼飯菜，這樣一來，我就可以假想她們家晚餐的情形；這樣一來，我就可以知道豆腐到底是吃了什麼樣的食物，才長成今天這個模樣。

豆腐的便當有一個特色：她每天帶兩個便當，一大一小。大的會送去蒸，小的不蒸，冷著吃。因爲豆腐的媽媽覺得蔬菜類，不論是綠色蔬菜或黃色蔬菜，一但蒸了，都會變色、變爛，又難看又難吃，因此特別另外準備了一個便當裝青菜。

豆腐的便當裏總有魚，天天有魚，有紅鮭魚、鱈魚、鯧魚、帶魚……我發現豆腐天天有魚之後問過她原因。豆腐說：「我媽說魚的蛋白質最好。吃了腦筋好。」

但豆腐並非每種魚都吃，炸白帶魚和秋刀魚她便不碰，她說：「刺多。麻煩。」

另外，除了滷蛋，我沒看她帶過其他做法的蛋，像蕃茄炒蛋、洋葱炒蛋、葱花蛋、芙蓉

蛋……。豆腐說：「炒過的蛋，一蒸，腥味很重，不愛。」

豆腐還討厭青椒，她說味道怪。

豆腐還討厭白花菜，她說白花菜不好看。

豆腐還討厭豌豆，她說不好吃。

豆腐還討厭四季豆，她說口感不喜歡。

有時候，豆腐會帶水餃、菜盒子、小籠包。然後另外帶一包調味包。

還有，豆腐天天都會帶水果。剝好的橘子，切好的蘋果，切好的柳丁，切好的芭樂……，豆腐討厭吃柳丁，因為：「弄得滿手都是汁。」

豆腐是怎麼長成這樣的？我不知道。

但是，看到她的便當，我就覺得能多貼近她一點。

可是，我現在所能做的仍舊是保護她，而非貼近她。

保護。唉！

如果，我有一把尚方寶劍，我會找一塊最好的磨刀石，把我的尚方寶劍磨得又銳利又耀眼。至少，我有把握，在「保護」這件任務上，沒有人會做得比我好。

至於磨刀石，上那兒找？

我覺得，天下最會磨刀的是豆腐。

磨—刀。■

【紙花】

每個星期四下午第一堂課和第二堂課是我最討厭的課——家政課。每一次上課，我都會先發表一篇聲明：「我，花木蘭，是全天下最討厭家政課的人。」

聽到我這麼說的時候，豆腐立刻反駁：「不！我才是全天下最討厭家政課的人。」

一品御前帶刀侍衛笑說：「哪有人搶著爭最討厭什麼的人？」

但家政課眞的是很討厭。

家政老師說，這學期，我們要學如何做碗粿，如何做椰絲糯米球，如何做海綿蛋糕，還有學做紙花、圍裙。

豆腐說得對：「先把我們送進廚房，再把我們送去加工廠，接下來要送去哪兒？」

豆腐比我幸福。豆腐跟帶刀侍衛分在同一個組裏，剛好帶刀侍衛熱愛烹飪熱愛得不得了，根本不勞豆腐動手就把一切打點得好好的。

我呢？我這一組六個人全都懶得要命，大家得抽籤做事。

我說，我是花木蘭，我要從軍去啦！你們做好了吃的送來給我當勞軍吧！

貞德看我呼天搶地嚷嚷個不停，一直笑。我看她也不見得眞的愛進廚房吧！八成又是爲了實行「愛感動天」！

當我在廚房叫嚷抱怨三堂課後，我才知道眞正的苦難還在後頭：做紙花。

用皺紋紙做花？

沒搞錯吧！我只喜歡眞花，最討厭什麼塑膠花啊！緞帶花啊！人造纖維花啊……。

果然，發現我們四個都異常痛苦。不只是「非常」痛苦，是「異常」痛苦。我們四個誰

也搞不定紙花。

豆腐說：「紙花是假花，假花做得再好，還是假花。充其量不過是一朵好假花。」

貞德說：「你是說『好的假花』？還是『好假的花』？」

我聽了大笑：「說得好啊！『好的假花』跟『好假的花』！結論還不都是假花！」

帶刀侍衛這次舉雙手投降：「做紙花？砍我腦袋比較快！」

豆腐做勢要砍帶刀侍衛的腦袋，我和貞德都去幫忙壓住帶刀侍衛。帶刀侍衛昂然地說：

「人生自古誰無死，只求不要做假花。」

大家笑到跌倒……成了四朵「笑花」。

後來是貞德救了大家。

天的媽媽很會做紙花，貞德拜託天，請他媽媽幫我們每個人做三朵紙花交作業。

貞德說：「天媽媽很擔心喔！以爲他交了好多女朋友耶，所以啊她還特地用不同的紙來做花。好好笑喔。」

於是那個週末，我提議大家一起請天去吃冰，當作謝禮。並且把打完分數的假花，再獻給天。■

【種子】

要畢業了，我死不肯寫紀念冊，我聽見有人在罵：「臭豆腐！什麼都不肯寫⋯⋯」所以

我寫了點東西給大家，包括我自己：

我覺得大家會四散各地，就像我們從各地來到這裡相聚一樣，偶然、自然、不可預知、

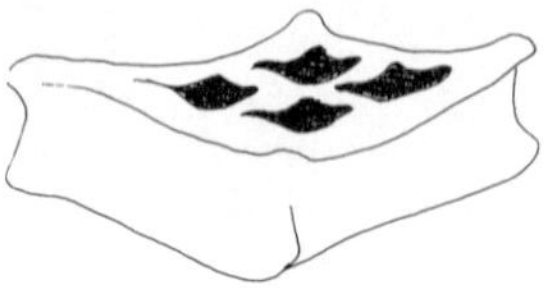

不可避免。

但我們的生命力是強的，我們像還沒鑽出土的種子，芽已經萌了，就快衝破面前那薄薄的土了。不衝破就只得死亡。

萌芽是什麼都擋不住的，那是生命的方向。每個人都將向上長成，而非橫向盤生。我們的盤根錯節將深埋在心底吧！遲早。

於是我便幫大家取了名字：山本栗子，木村瓜子，豐川松子，笠井葵花子。

大家總是會倚著山，靠著木，沿著川，偎著井生活吧！山山水水總是那種能讓我們回到「自己」的地方。

至於栗子瓜子松子葵花子，則是想著，有朝一日，當我們不再是種子，而是成熟的大樹或果實的時候，請記得：我們曾經像種子那樣天眞、勇敢、一心想成長。■

【倒數】

距離聯考三十七天啦！

大夥一起在聯考倒數第三十七天的時候看*DIRTY DANCING*。

然後啊！我們四個約好考完大學要去瘋狂跳舞。

但還有三十七天才能瘋狂跳舞哪！花木蘭哀嚎著。

接下來的日子，帶刀強押著豆腐讀書，帶刀陪著豆腐去西子灣讀書、去英雄館讀書、去公園讀書、又去西子灣讀書、去英雄館讀書……

希望我們四個都考上大學。那時候生命才眞正展開呢！

天幫我畫了許多重點，出於男校的觀點囉！

天跟我一起讀書。我們最愛去市立圖書館，讀累了就出來喝一杯木瓜牛奶，餓了就去吃黑輪或米粉。我很專心的讀，心底從來沒有這麼踏實過。

忽然希望聯考前的倒數日子永遠不要結束。

再累再苦睡眠不足也沒關係。只要天在我身邊，只要天跟我都向著同一個方向前進。

眞希望倒數不要結束。■

【帶刀吃豆腐的田野調查】

剛上大一，收到帶刀的信。十封。

第一封

我想這樣吃豆腐：

涼拌：榨菜豆腐、香椿豆腐、皮蛋豆腐、蔥花豆腐、涼拌干絲

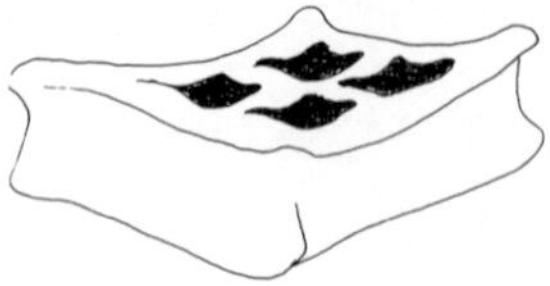

第二封

我想這樣吃豆腐：

清蒸：白玉豆腐、肉末釀豆腐、雞蓉豆腐、石斑豆腐

第三封

我想這樣吃豆腐：

燴：海鮮燴豆腐、蕃茄蝦米燴豆腐

第四封

我想這樣吃豆腐：

煮：什錦豆腐羹、波菜豆腐羹、豆腐酸辣湯、麻婆豆腐

第五封

我想這樣吃豆腐：

紅燒：家常豆腐、麻辣豆腐

第六封

我想這樣吃豆腐：

炒：金銀豆腐、炒豆腐干、素炒豆腐絲、香干肉絲

第七封

我想這樣吃豆腐：

燜：辣子豆腐、三菇豆腐、蝦米豆腐、釀豆腐、豆皮捲

第八封

我想這樣吃豆腐：

燉：沙鍋豆腐、魚頭豆腐

第九封

我想這樣吃豆腐：

煎：蠔油豆腐、鍋蹋豆腐

第十封

我想這樣吃豆腐：

炸：豆腐團子、酥炸豆腐

我笑瘋了。下次聚會請她吃豆腐。■

#【花木蘭與祝英台的視覺傳播】

衆姊妹：

以下是我的期末報告，給大家笑一笑！分數頗低。

帶刀

P.S.：花木蘭小姐注意，報告中提到的花木蘭是眞的花木蘭不是你。

花木蘭與祝英台都是聰明人。在性別角色領域中的聰明人。

她們都是女性自覺意識極高的傑出女性。比現代女性還現代、還前衛。

她們非常清楚自己是女的，也非常清楚地觀察到女性與男性的外在差異。不是偷偷摸摸看，是正面觀察而且正面僞裝。自覺性的選擇以僞裝成男性來作爲達到目的的方式。她們不僅是中國歷史上極爲經典的男裝女性。更有意思的是：當她們以反串的方式進入男性領域時，表現得比男性還傑出。（我並不是説女性比男性更能演出傑出男性的角色。）

但今天不談這個「社會議題」。我只想從視覺傳播的角度來看這兩個女性。

A.花木蘭

花木蘭是擅用視覺傳播的。

男裝：東市買駿馬，西市買鞍韉，南市買轡頭，北市買長鞭。

女性：脱我戰時袍，著我舊時裳，當窗理雲鬢，對鏡貼花黃。

這是我們僅有的線索。但結論清楚：花木蘭知道用服裝來「製造性別」。

1.她知道北朝的男性性別辨識是建立在戰爭的外在配件上的：駿馬，鞍韉，轡頭，長鞭。

（如果不作戰士打扮，可能不容易僞裝。）

2.她大膽推測没有男人會想到有女人願意上戰場。

3.她大膽推測没有男人想得到竟有女人扮成男人。

4.她可能認爲自己長相不符合一般女性的柔美陰質（那時候可能没有「中性」這麼清楚的概念）。因此對於反串有把握。

5.不論如何，卸下男裝之後的女子，一旦理雲鬢、貼花黄都算美麗。

花木蘭是擅用視覺傳播的。並且利用視覺傳播使她成爲跨越兩種性別的翹楚：沙場勝將與孝女。

如果花木蘭是男的，一切都不值得討論。因爲理所當然。

B.祝英台

相較於花木蘭的不得不爲，祝英台是比較浪漫的，比較自覺的，比較叛逆的。

祝英台認爲性別並非不可打破的界線。

她偏向將性別當作一項可逆的趣味。

所以她爲了唸書（當時只有男性可讀書）主動變裝。而又身著男裝與梁山伯曖昧。

相較於花木蘭知道用服裝來「製造性別」，祝英台則是試穿男裝而已。但她的成功可能在於：

1.學生年紀仍輕，都稚氣，男女分別不大

2.祝英台的第二性徵仍不明顯

3.祝英台的個性不像一般女性的柔美陰質性格（那時候可能沒有「中性」這麼清楚的概念）。因此覺得反串沒什麼大不了。

4.古代的學生制服能將所有體型制式化。

而正因爲以上各點，祝英台以試穿男裝使視覺傳播能更輕易地達到目的。■

【燒死貞德的火】

只發生在貞德和天之間。

但影響了我們四個。

分手是天提出的。貞德幾乎崩潰。

那年我們十九歲，都在過著逍遙的大學生活。我念視覺傳播，花木蘭念外文，貞德念社

會系，豆腐念人類學（她對死人的興趣比對活人高）。大家都在自己的領域裡找樂子。

我和花木蘭陪貞德度過她人生中最難過的日子。我們好奇：分手的原因是什麼？貞德不肯說。從此後，貞德閉口不談天，從此閉口不談愛。

我直覺這件事跟豆腐有關。我問豆腐，豆腐搖搖頭什麼也沒說。但我直覺跟她有關。

我找天談。

天讀法律系。功課很重。我便到學校去找。

天見到我很驚訝，但我看得出來他很高興。

我們在校園一角找個草地就地坐下。

天大該也知道我爲什麼會來。

輕咳了一聲，我問天：「跟貞德到底是怎麼回事？」

天仰頭看天：「我只是做一件早該做的事。不做對不起我自己，也對不起貞德……貞德好嗎？」

我搖搖頭：「不好。」

天：「我的錯。」

我把我的懷疑提出來：「你跟貞德分手……跟豆腐有關對不對？」

天楞了一下：「不！跟豆腐無關，跟任何人都無關，只跟我自己有關。」

我：「既然跟貞德已經分了，還有什麼好隱瞞的。」

天突然抱著頭，很痛苦的抱著頭：「跟豆腐無關，跟豆腐無關，跟豆腐無關……我……多希望跟豆腐有關。」

「多希望跟豆腐有關」。

我懂天的感覺。豆腐就是這樣，最好別想跟她有關，否則她閃你閃得遠遠的。

但今天不是爲豆腐來的。我想幫助貞德。

「那你跟貞德到底是……？貞德不肯透漏任何事，她一個字也不肯說。」

天依舊抱著頭。

「天，這段日子只有四個字可以形容貞德：「以淚洗面」。我們無從安慰起。告訴我你們到底發生什麼事，我並不是要來替她挽回什麼，那是你們之間的事，但是我極度想安慰她，

把她從這種狀態裏拖出來，你告訴我吧，到底是怎麼回事?太突然了。」

天抬起頭盯著前方。

天：「我很痛苦。對貞德，我很心疼。但是我的心總是……該了斷了。不同的學校、遙遠的距離，這是給我們彼此重新另外開始的好機會。我喜歡貞德，但只是喜歡，我的心都……」

天突然轉過頭來看我：「我的心一直向著……我快被她逼瘋了。她不要我，怎麼樣也不要，她什麼都不要。她說我離開貞德，她也不要我。她快把我搞瘋了，我拿她一點辦法也沒有。」

「豆腐。」我輕聲說。

「我想整理自己，我想重新問自己要什麼，我想了很久……有貞德沒貞德都一樣，我就是要……但我不能對不起貞德，所以我要分手。」

「豆腐殺人。」我說。

「什麼?」天不解地看我。

「豆腐啊！淸淸白白一塊豆腐，竟然殺人無數。」我無奈地笑，心中有傷口，很深，結痂了。但傷的記憶永遠在。

「貞德當時……？」我繼續問天。

「貞德啊，我跟她說，我覺得兩個人應該各自去過過不同的生活，看看不同的世界，我們的未來很難說，但我們應該各自有最大的自由度去體驗去嘗試……她哭了，當場就……我不忍心啊，但是現在不說，遲早要說。」

「你跟豆腐談過了嗎？」

天苦笑：「談過不下一百次。她不要。她說她很懶、記性又不好，她懶得維繫關係，而且會忘記有一個關係的存在。她說她不想害我。」

千篇一律的說法。很豆腐！豆腐的說法比政府的新聞稿還制式。

至於「又懶又健忘」，這倒是實話。不過我會用「心不在焉」來形容豆腐，她對日常生活的世界是沒有任何承擔能力的。

或者是說，她在能力範圍內，去選擇不承擔日常生活人情世故這一部份。

天若流淚。我懂。男人的眼淚在這個時候跟女人是沒有差別的。

「貞德知道豆腐的事嗎？」

天搖頭：「當然不。這是我的問題，跟豆腐無關。」

唉！天中了豆腐毒。

「你想過嗎？貞德跟你恐怕連朋友也做不成了。」

「我知道。她有權利這樣做。是我對不起她。請你們好好照顧她。」

我點點頭。

會的，會照顧貞德。但貞德傷得太重，誰也不知道她能不能恢復到之前的貞德。

我們會盡力而爲。我和花木蘭會盡力而爲。

我沒告訴天的是：因爲貞德和天分手。豆腐也開始漸漸地離開我們。

也許豆腐覺得是自己的錯。

也許豆腐只是覺得很煩。

沒有人知道她在想什麼。

就像沒有人知道貞德傷得有多重。■

#【天災】

貞德不該自殺。
大家都認爲是我救了她。
是嗎?我救了她?
是吧，如果那天我沒有去找她，她就會躺在像一塊顏料未乾而染到身體的紅布上靜靜地

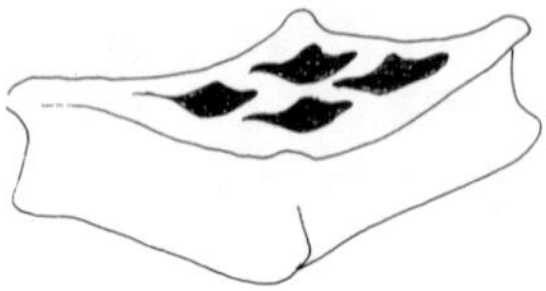

死掉。

貞德應該死得轟轟烈烈啊！應該是萬人圍觀啊！應該是歷史的註腳啊！怎麼樣也不該靜靜地獨自死掉。

她在流血，滿地的血。我覺得整個房間都在流血，我看到快樂的、奮勇向前的貞德躺著，白白的紅紅的躺著。血從天花板滴下，滴滴答答地靜靜滴在我身上，只是滴滴答答。貞德躺在地板上，血不會在天花板上啊？我不敢走近，我怕踩到她的血，雖然從頭頂上方滴下的血已經滴在我身上了，但我不要踩到她的血。我的身上一定已經都是血了，我尖叫，奔出去求救……其實我什麼聲音也叫不出來……一定是有人打電話報警了，我什麼也沒做啊……救護車來了………

「爲了天嗎？不值得吧！」我聽見帶刀說。

「爲了天嗎？不值得吧！」

「爲了天嗎？不值得吧！」

「爲了天嗎？不值得吧！」

「天八成是移情別戀在跟別人逍遙！」花木蘭憤恨的說。

「天八成是移情別戀在跟別人逍遙！」

「天八成是移情別戀在跟別人逍遙！」

「天八成是移情別戀在跟別人逍遙！」

貞德仍在急救中，我想像她的痛苦，她右手拿著美工刀，緩緩滑出刀鋒，然後在左手腕上，輕輕地鋒利地畫下皮膚的第一層，很痛，像被紙張割裂手指頭的痛那像深的尖的銳的不可閃躲的痛，然後一用力，皮膚之下，第二層，裂開，然後紅色慢慢滲出來，然後大量湧出，動脈的血，強而有力地奔出血管湧進這個世界。艷紅色，像布匹延展開來鋪在世界的一個小角落裏好放置裂開的手腕，布匹有腥味。

我的左手腕好痛。好痛。像被刀劃過。

我聞到血腥味。

貞德一定是某個地方很痛很痛，大於親手割裂自己的痛，才能承受這種肌膚之痛。

貞德一定痛得哭出來了。

像我現在一樣。痛得哭出來。

是我殺了貞德。

天爲什麼要跟貞德分手，我沒有要求啊？我喜歡天跟貞德在一起，我不要他們分開。

我討厭我自己。我討厭天喜歡我。

帶刀，我需要你，我需要你一刀殺了我。

天來了。我聽見他的腳步聲。我聽見他問貞德的狀況，我聽見花木蘭在罵他，我聽見帶刀在勸說，我聽見天在我旁邊坐下，我聽見天在摸我的頭髮，我聽見我的頭髮躲開，我聽見天輕撫我的肩膀，我聽見我的肩膀躲開，我聽見天問我的狀況，我聽見帶刀沉默不說話，我聽見花木蘭罵天，我聽見他們圍在我的床邊，我聽見貞德還在急救中，我聽見我昏倒，我聽見我的眼睛睜開，我聽見自己的眼睛跟天說再見，我聽見自己的眼睛跟帶刀說再見，我聽見自己的眼睛跟花木蘭說再見，我聽見自己一直說再見。

再見。■

【遣辭用字素食化】

聽說豆腐要休學，大家都不知道是爲了什麼。雖然她這個人本來就冷冷的怪怪的，但仍舊是我的好朋友，現在還是我的救命恩人。

那幾個星期她常來看我。她來看我，話比我還少，問她在忙什麼？她也只是笑一笑說沒什麼，還不就是想點什麼，寫點什麼……

豆腐忽然說她要開始吃素。

我覺得很奇怪，那種奇怪是：「吃素」應該是老人家或是遭遇到什麼重大意外搞得心灰意冷才吃吧!?

我說：「你已經夠清心寡慾了吧？吃不吃素對你來說有什麼不同啊？」

豆腐說：「以後我寫的小說、任何作品都要素食化。」

她看我一臉迷惑便說：「既然吃素，那我的生命裏不應該再有葷的東西，所以連遣詞用字都不可以沾到肉。也許連說都不能說，因爲用嘴說『肉』，表示肉沾嘴啊！」

豆腐一直都怪，我也習慣了。但幹麼怪成這樣？

我跟她說：「我也吃素吧。但我也吃葷。」

豆腐想了想說：「很好笑。」

我也覺得很好笑。

我們一起笑，眞正的笑。像高二那年吃豆腐腦那樣的笑。

後來我們的結論是：豆腐要拋棄許多「字」，如雞、鴨、魚……因此這些被豆腐甩掉的字心裡可能會很難過，吃葷的人要好好安慰它們。

我不知道豆腐什麼時候開始吃素。那是我上大學後最後一次見到她。■

#【七分熟推理】

總是要等整個事件結束，你才會知道要從哪一個點來分析起。
那個點也許是一個時刻、一句話或一個狀態……。
但是那個點，足以結晶整個過程。
結論就是：戀情不結束，你永遠不知道這整段耗費心神，時間……的事件所爲何來？重

點在哪裡？意義是什麼？

可笑的是，過程中，兩人總是不斷試圖找出彼此對自己的意義或者是這段感情對生命的重要性……諸如此類。

核心的東西，永遠不會在進行式的時候出現。

那個核心一旦出現，所有的行爲與心態都變得清楚而無迷眩之處了。

「……也許，不過是換一個人來照顧你吧！」

這就是我和他之間的核心。

但是這句話卻早在我們陷入熱戀的第二十八天出現。

也就是說，整個五年的感情，它之所以存在的基調在第二十八天就昭然若揭了。

我們花了五年來證明它。

更糟的是，也同時證明了我的每段感情的存在基調都一樣。

好像是值班的服役人員在堅守我的愛情。

也許是我性格上的問題，也許是我的生命本身有問題。我決定由他們三個的共同性來推測生物圈中的荒謬，也許我將因此而獲得救贖。

並繼續談戀愛。

其一、可疑的波蘿麵包與獨立奶酥

1.他們3個都最愛波蘿麵包。並討厭奶酥。

2.我喜歡波麵包表面上的「波蘿」。我喜歡波蘿麵包內包著的奶酥。

3.我討厭波蘿之下與奶酥之外的波蘿「麵包」。

推測：波蘿麵包的成分與所含內餡是否含有互補性質的成分，會影響人類荷爾蒙的分泌與喜好？

因此，愛吃波羅麵包的人與愛吃奶酥的人極可能互相吸引。

其二、香味的可議之處與過敏性鼻炎

1.他們3個都覺得我香，老是聞到我的味道。他們都有過敏性鼻炎。

2.我從不擦香水。討厭香水味。

推測：來自身體的香甜味是否比一般名牌進口香水多了治療過敏性鼻炎的醫學性功能？或是因為患過敏性鼻炎的嗅覺對某種人體氣味具過濾性強化作用？

因此，鼻子不好的人與不擦香水的人極可能互相吸引。

其三、獅子的統治欲與上升星座的沉淪

1.他們三個的上升星座都是獅子座

2.我的上升星座在雙魚座

推測：陸地上的萬獸之王——獅子是否可能將其統治權擴大至水域⁉而獅子之所以被雙魚吸引，是否因為具有無法親密相處的天性障礙因而造成吸引力？

因此，不在同一生物象限的人極可能互相吸引。

其四、自以爲是與自以爲不是

1.他們都喜歡頭髮削短的女生。他們都喜歡自比爲李靖。

2.我也許是，也許不是花木蘭。但他們絕非李靖。

推測：遇到花木蘭的男人是不是都自以爲是李靖?李靖是不是同性戀?花木蘭是不是變性人?■

【發生】

大一什麼事都發生了——

豆腐休學。

貞德自殺。

帶刀出櫃。

我跟教授在一起。

大二什麼事都發生了——

貞德二次自殺。

帶刀被退學。

我跟教授在一起。

大三什麼事都發生了——

貞德跟學長在一起。

帶刀出國唸書。

我跟教授在一起。

大四什麼事都發生了——

貞德不答應學長的求婚。

我跟教授不在一起了。■

#【不發生】

如果大一什麼事都不發生——
如果豆腐不休學？
如果貞德不自殺？
如果帶刀不出櫃？

如果我不跟教授在一起？

如果大二什麼事都不發生——

如果貞德不二次自殺？

如果帶刀不被退學？

如果我不跟教授在一起？

如果大三什麼事都不發生——

如果貞德不跟學長在一起？

如果帶刀不出國唸書？

如果我不跟教授在一起？

如果大四什麼事都不發生——

如果貞德不答應學長的求婚？

如果我不繼續跟教授在一起？■

◀◀FWD